Si eſt livres que ne ſe peuvent ignorer,
ſi tant plus ne peuvent ne ſe poſſeſder.

NELUMBO

La Jitanilla

IL A ÉTÉ TIRÉ DE CET OUVRAGE
quelques exemplaires sur vélin de cuve
des papeteries du Marais

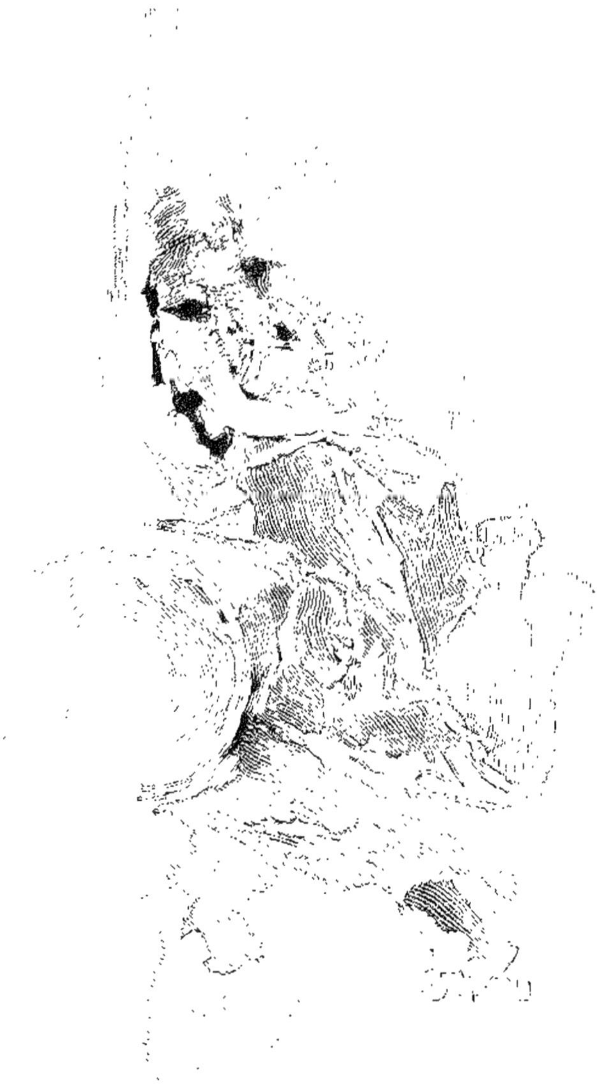

“ Petite Collection Guillaume ”

CERVANTES

La Jitanilla

Traduction de Jacques Soldanelle

Illustrations de Conconi et Marold

PARIS

E. DENTU, ÉDITEUR

3, Place de Valois, 3

M DCCC XCII

Préface

Miguel Cervantes Saavedra est né en 1547, il est mort en 1616. C'est, selon nous, le plus grand de tous les écrivains espagnols, celui où éclate l'originalité la plus profonde, le génie le plus incontestable. L'auteur de *Don Quichotte* et des *Novelas Ejemplares* doit être rangé parmi les Dante, les Shakespeare, les Molière, les

Gœthe, les Balzac, les Hugo, les Tolstoï, parmi les plus illustres des auteurs de tous les temps et de tous les pays.

Il dit de lui-même :

« Celui que vous voyez sur ce por-
« trait (1), au profil aquilin, aux cheveux
« châtains, au front uni et découvert, aux
« yeux allègres, et au nez recourbé quoi-
« que bien proportionné, à la barbe d'ar-
« gent — il y a vingt ans à peine, elle
« était d'or — aux moustaches fortes, à
« la bouche petite, aux dents rares, car il
« n'y en a que six devant, mal plantées
« et mal rangées; la taille ni grande ni
« petite; le teint vif, plutôt blanc que ba-
« sané, les épaules un peu lourdes et pas
« fort léger du pied; cette figure est, dis-
« je, celle de l'auteur de *Galathée*, de *Don*
« *Quichotte de la Manche*, du *Voyage au*
« *Parnasse*..... On l'appelle communément
« Miguel de Cervantes Saavedra : il fut
« soldat durant de nombreuses années, et,
« cinq ans et demi captif, il apprit la patience

(1) Cervantes suppose ici une inscription sous un portrait de lui-même, gravé au seuil des *Novelas Ejemplares*.

« dans l'adversité. A la bataille navale de « *Lépante, il perdit la main gauche d'un* « coup d'arquebuse, blessure qui peut pa- « raitre laide, mais qu'il croit belle..... »

Puis, il fait cette fière déclaration :

« Je me figure — et il en est ainsi — « que je suis le premier qui ait créé des « nouvelles en langue castillane ; car les « nombreuses nouvelles, qui sont impri- « mées en notre langue, sont toutes tra- « duites des langues étrangères : celles-ci « sont les miennes propres, ni imitées ni « volées — mon esprit les engendra, ma « plume les traça. »

Et jamais fière déclaration ne fut plus justifiée. Si Don Quichotte est un merveilleux chef-d'œuvre, ainsi sont ces adorables romans qui se nomment *Novelas Ejemplares*. Le génie original, l'observation, le sentiment de la vie, la grâce, la force s'y unissent dans une incomparable harmonie.

La Jitanilla, que nous publions ici, est un de ces chefs-d'œuvre (1). A travers le roman d'amour doux et hardi, à travers

(1) L'opéra de Weber, *Préciosa*, est une adaptation de « La Jitanilla ».

l'idylle d'Andrès et de Préciosa la gitane, se meut la race mystérieuse des Bohémiens, — Gypsies, Égyptiens, Zingari, Gitanos — et les traits de mœurs sont si vifs, si justes, si bien puisés dans le tréfonds même, qu'aujourd'hui encore, nuance à nuance, l'œuvre de Cervantes reste parfaitement adaptée aux coutumes et au caractère des énigmatiques nomades. A côté de cette finesse de l'observateur, va le joli récit, la belle passion briseuse d'obstacles, qui met *La Jitanilla* de pair avec les touchantes histoires d'amour qui ont charmé les siècles.

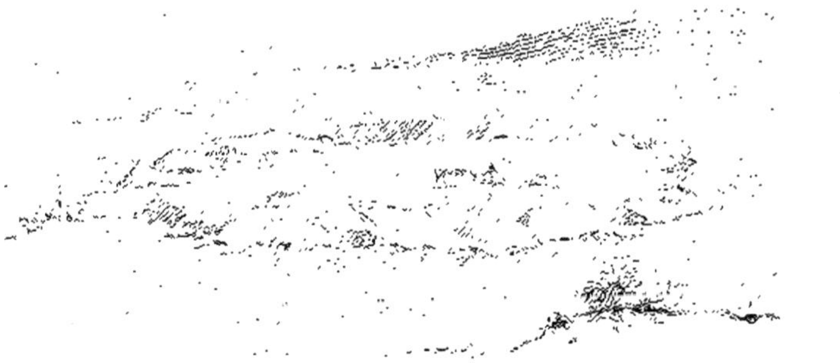

Il semble que les Gitanos ne soient au monde que pour voler : ils naissent de pères voleurs, grandissent avec les voleurs, étudient pour être voleurs — finalement, ils deviennent des voleurs incomparables, prêts à toute rapine, et le goût du vol et le vol sont comme des accidents inséparables d'eux jusqu'à la mort.

Une vielle Bohémienne, qui pouvait se vanter d'être maitresse dans la science de Cacus, éleva, comme étant sa petite-fille, une jeune enfant qu'elle nommait Préciosa. Elle lui enseigna tous ses secrets de gitane.

Cette petite Préciosa fut la plus merveilleuse danseuse parmi les gitanes, et aussi la plus charmante et la plus spirituelle jeune fille, non seulement entre les Bohémiennes, mais entre les plus belles dames de ce temps.

Ni le soleil, ni le plein air, ni toutes les inclémences du ciel, auxquels les gitanos sont plus exposés que les autres hommes, ne purent ternir sa figure ni brunir ses mains; qui plus est, son rude apprentissage ne fit que mieux montrer sa supériorité native sur les autres gitanes : elle était courtoise à l'extrême et de parole avisée.

Et avec tout cela, d'allure libre et même hardie, mais sans rien de déshonnête : au contraire, sa retenue était telle que nul gitano n'eût osé chanter des chansons lascives ni dire des paroles indécentes devant elle.

La vieille femme connaissait le trésor qu'était sa petite-fille, et elle s'était déterminée, vieille aigle, à apprendre à son aiglon à voler au loin et à vivre de ses serres.

Préciosa était riche de chansons, de couplets, de seguédilles, de sarabandes et d'autres poésies, qu'elle chantait avec un charme singulier; l'habile grand'mère savait bien que de tels talents et de telles grâces, avec la jeunesse et la beauté de sa petite-fille, seraient de grands attraits et des appâts pour accroître sa fortune; et elle se les procura de toutes les façons qu'elle pouvait : les poètes ne lui manquèrent pas, car il est des poètes qui s'accommodent avec les gitanos pour leur vendre leurs ouvrages, de même que, pour les aveugles, il y en a qui inventent des miracles et prennent leur part du gain. Il y a de tout dans ce monde, et la faim, cette gredine, a forcé des hommes de génie à des choses qui ne sont pas sur le programme.

Préciosa grandit en diverses parties de Castille. A quinze ans, sa grand'mère putative la mena à la capitale, à son ancien rancho, dans les champs de Santa-Barbara. Elle pensait vendre sa marchandise à la Cour, où tout s'acquiert et tout se vend.

La première entrée de Préciosa à Madrid fut un jour de Sainte-Anne, patrone et avocate de la ville, dans un ballet de huit gitanes, quatre anciennes et quatre jeunes, qu'un Bohémien, grand danseur, commandait. Elles étaient élégamment vêtues, mais Préciosa était si pleine de grâce et de goût, que peu à peu elle émerveilla tous les yeux.

Parmi les sons du tambourin, des castagnettes, et l'animation de la danse, une rumeur s'éleva sur la beauté et le charme de la jeune gitane : les gamins accouraient pour la voir et les hommes pour l'admirer.

Quand ils l'entendirent chanter, car la danse se mêlait de chants, la renommée de la Jitanilla grandit.

A l'unanimité, on lui accorda le joyau, prix de la meilleure danse. Et quand vint la fête, à l'église de Sainte-Marie, devant l'image de Sainte-Anne, après avoir dansé, Préciosa prit un tambourin à sonnailles, au son duquel, voltant avec légèreté, elle entonna la chanson célèbre :

» Très précieux arbre, qui tardas à pro-
» duire du fruit ; les années pouvaient te
» couvrir de tristesse, et rendre précaires
» — contre son espérance — les désirs
» de ton époux.

» De ce retard naquit la malentente, qui
» fit sortir le grand juste du temple.

» Sainte terre stérile, qui enfin produi-
» sis toute l'abondance qui nourrit le
» monde. Maison où se forgea le coin
» qui donna à Dieu sa forme d'homme.
» Mère d'une fille, en qui Dieu montra
» des grandeurs surhumaines.

» Par toi et par elle, tu es, Anne, le
» refuge, le remède de toutes nos infor-
» tunes.

» En certaine manière tu tiens, je n'en
» doute point, sur ton Petit-Fils, un em-
» pire pieux et juste.

» Hôtesse divine, quels parents ne
» rechercheraient ta gloire : quelle fille !
» quel petit-fils ! quel gendre !

» Tu pourrais, avec justice, chanter tes
» triomphes : mais, humble, tu allas à
» l'école où ta Fille apprit l'humilité.

» Et maintenant, tout près d'elle aux
» côtés de Dieu, ta grandeur surpasse
» l'imagination.

Le chant de Préciosa émerveilla ceux qui l'écoutaient. Les uns disaient : « Dieu te bénisse, jeune fille ! » Les autres : « Quel dommage qu'elle soit gitane ! En vérité, elle méritait d'être fille de grand seigneur. » De plus grossiers disaient : « Laissez grandir la petite fille, elle fera des siennes ! Par la foi ! elle va serrer les mailles de gentils rêts pour prendre les cœurs ! » Un autre, de bonne nature, mais lourd et bête, la voyant si légère à la danse, s'écria :

« Courage, ma fille, courage... alerte, les amours, pulvérise la terre ! »

Elle répondit sans interrompre la danse :

« Eh ! je la pulvériserai ! »

Après les vêpres et la fête de Sainte-Anne, Préciosa était un peu lasse, mais déjà si célèbre pour sa beauté, sa finesse, la grâce de sa danse, qu'on s'assemblait pour en parler.

Quinze jours plus tard, elle revint à Madrid, avec trois autres jeunes filles, des tambourins et un ballet nouveau. Elles s'étaient pourvues d'une nouvelle danse, et de chansons et chansonnettes allègres mais honnêtes; car Préciosa ne consentait pas à ce que ses compagnes chantassent des chansons immodestes; elle-même n'en chantait jamais.....

Beaucoup de ceux, qui virent la jeune gitane, remarquèrent sa décence. Ils en eurent plus d'estime pour elle : la vieille grand'mère, comme un Argus, la surveillait de près, de crainte qu'on ne la lui corrompît et qu'on ne l'enlevât.

Les gitanes dansèrent à l'ombre, dans la *Calle de Tolède*, pour plaire à ceux qui les regardaient; la foule augmentait autour d'elle : pendant la danse, la vieille demandait l'aumône aux spectateurs, et les *octavos* et les *cuartos* tombaient drus comme pierre — tant la beauté a de force pour réveiller la charité endormie.

Après la danse, Préciosa dit :

« Si l'on me donne quatre cuartos, je chanterai seule une romance, d'une beauté extrême, qui raconte comment notre dame, la reine Marguerite, assista à la messe de relevailles à Valladolid, et alla à Saint-Laurent : cette romance est fameuse, composée par un poète habile. »

A peine dit-elle cela, que presque tous les assistants s'écrièrent :

« Chante! Préciosa, voilà mes quatre cuartos! »

Et les cuartos tombèrent en si grand nombre que la vieille avait peine à les ramasser. Lorsqu'elle eut fini sa moisson, Préciosa agita ses sonnailles, et d'un ton courant et gai, chanta la romance de la reine Marguerite.

» Voici venir à la messe de relevailles,
» la plus grande reine d'Europe — par la
» vertu et le nom, riche et admirable
» joyau.

» Comme se lèvent les yeux, se lèvent
» toutes les âmes, de ceux qui la regar-

» dent et s'émerveillent de sa dévotion et
» de sa pompe.

» Et, pour montrer qu'elle est une part
» du ciel sur la terre, d'un côté elle tient
» le soleil d'Autriche, de l'autre le tendre
» Aurore. Un brillant cortège la suit :

» D'abord c'est une étoile qui surgit la
» nuit où le ciel et la terre pleurent.

» Et si, au ciel, il est des étoiles qui
» forment des chars de lumière, sur les
» chars du cortège, il y a des ciels où de
» vives étoiles resplendissent.

» Voici l'antique Saturne, qui démêle
» sa barbe et renaît : et, quoique lourd, il
» va léger, car le plaisir guérit la goutte.

» Le dieu d'éloquence parait dans les
» langues galantes et amoureuses, Cupi-
» don dans les emblèmes brodés de rubis
» et de perles.

» Là, va le furieux Mars : il est person-
» nifié par une foule de jeunes gens
» galants et ornés, qui de leur propre
» ombre s'effarouchent.

» Près du soleil paraît Jupiter : rien
» n'est difficile à la force fondée sur les
» œuvres.

» La lune est entre deux déesses sœurs ;

» de petits Ganymèdes vont et tournent.

» Tout le cortège excite l'étonnement
» et l'admiration : Milan avec ses riches
» tissus ; l'Inde et ses diamants, l'Arabie
» et ses aromes.

» S'il est des cœurs pervers où se
» montre l'envie, la présence de la reine
» excite la joie de la loyauté espagnole.
» L'allégresse s'agite par les Calles et les
» places, désordonnée et folle.

» Mille bénédictions muettes accompa-
» gnent les cris d'éloge : et les enfants
» répétent les paroles des hommes.

» Tel dit : Vigne féconde, crois, em-
» brasse ton heureux orme : qu'il t'om-
» brage durant mille siècles, pour ta gloire,
» pour le bien et l'honneur de l'Espagne,
» et pour l'Église, et pour l'épouvante de
» Mahomet !

» Un autre clame : Vis, ô blanche
» colombe, qui nous as donné des aigles à
» deux couronnes, afin de faire fuir les
» furieux oiseaux de rapine et de protéger
» les vertus craintives !

» Une autre plus spirituelle et plus grave,
» plus avisée et plus fine, dit :

» Cette perle unique que tu nous

» donnas, nacre d'Autriche, que de trahisons et de perfidies elle déjoue ! que d'espérances elle donne et que de terreurs elle éveille !

» Elle arrive enfin au temple du saint Phénix qui fut consumé à Rome, mais qui vit pour toujours dans la gloire !

» A l'image de la Princesse du Ciel, qui, pour s'être humiliée, marche à présent sur les étoiles, à la vierge-mère, Marguerite parle ainsi :

» — Ce que tu me donnas, je te donne, main généreuse. Les premiers de mes fruits, je te les offre, vierge de beauté : que ta grâce soit avec eux !

» — Et je te prie pour leur père, l'Atlas humain, qui supporte le poids de tant de royaumes, sous des climats si éloignés : le cœur du Roi repose en Dieu, et toi, de Dieu tu peux obtenir ce que tu demandes.

» Après cette oraison, des hymnes s'élèvent et l'office se termine. Le char céleste de la reine retourne à sa place.

A peine eut-elle fini, que de l'illustre

auditoire qui l'écoutait, des voix unies s'élevèrent :

« Recommence, Préciosa, les cuartos *ne te manqueront pas plus que la terre* où tu danses! »

Plus de deux cents personnes contemplaient la danse, écoutaient le chant des gitanes; et dans l'instant de la plus grande fougue, un des lieutenants de la ville passa par là.

Voyant tant de monde assemblé, il demanda ce qui se passait. Il sut tout de suite que c'était un rassemblement autour d'une belle gitane qui chantait.

Curieux, il s'approcha et écouta un moment. Pour ne pas compromettre sa gravité, il n'écouta pas la chanson jusqu'à la fin : mais la Jitanilla lui ayant paru charmante, il envoya un de ses pages dire à la vieille d'amener, le soir, les jeunes gitanes à sa maison, car il voulait que dona Clara, sa femme, les entendît.

Le page remplit sa mission, et la vieille dit qu'elle irait.

Après le ballet et les chants, la troupe s'éloigna; alors, un page très bien vêtu vint à Préciosa et lui donna un papier plié :

... Un page vint à Preciosa et lui donna un papier plié...

« Préciosita, chante la romance qui est là... car elle est fort belle, et je t'en donnerai d'autres de temps en temps... pour que tu atteignes la gloire de la meilleure chanteuse de romances du monde.

— J'apprendrai du meilleur cœur, — répondit Préciosa ; — et tâchez, seigneur, de ne pas oublier de me donner les romances que vous me promettez, à condition qu'elles soient honnêtes : si vous voulez qu'on vous les paie, entendons-nous pour la douzaine — la douzaine chantée, la douzaine payée. Quant à penser que je vous les paierai à l'avance, c'est impossible.

— Pourvu que la senora Préciosita me donne seulement pour le papier, — dit le page, — je serai content : et de plus, toute romance qui ne sera pas bonne et honnête, n'entrera pas en compte !

— Je ferai mon choix ! » répondit Préciosa.

Les gitanes suivaient la *calle*, lorsque, d'une fenêtre, des caballeros les appelèrent. Préciosa, allant près du grillage, vit, dans un salon bien orné et très frais, quelques gentilshommes : les uns passaient et repassaient, les autres s'adonnaient à divers jeux.

« Me donnez-vous des étrennes, zénores ? » dit Préciosa, *qui zézayait comme* font les gitanes : c'est un artifice chez elles, et non une chose de nature.

A la voix et au visage de Préciosa, les uns cessèrent de marcher et les autres de jouer ; ils vinrent à la fenêtre pour la bien voir, car ils connaissaient déjà sa renommée. Ils dirent :

« Entrez, entrez, les gitanillas ! nous vous donnerons ici des étrennes !

— Elles seraient chères, — riposta Préciosa, — si on nous maltraitait !

— Non, foi de caballeros ! — répondit l'un d'eux. — Tu peux entrer, jeune fille, certaine que personne ne touchera à la bordure de tes souliers ! Non, par l'Ordre *dont je suis revêtu !* »

Et il posa la main sur la croix de l'ordre de Calatrava.

« Si tu le veux, entre, Préciosa, — dit une des jeunes gitanes qui étaient avec elle, — entre, à la bonne heure !... Moi, je ne pense pas à entrer où il y tant d'hommes !

— Écoute, Cristina : ce dont tu dois te garder, c'est d'un homme seul à seule, et non de tant d'hommes réunis ; au contraire, en grand nombre ils éloignent la peur d'être offensée ! Cristinica, sois sûre d'une chose : que la femme qui se détermine à être vertueuse peut l'être parmi une armée de soldats. Il est vrai qu'il est bon de fuir les occasions, mais plutôt les occasions secrètes que les publiques !

— Entrons, Préciosa, — dit Cristina, — tu en sais plus qu'un savant ! »

La vieille les encouragea, et elles entrèrent.

A peine Préciosa était entrée que le chevalier de l'Ordre vit le papier qu'elle avait dans son sein ; il alla vers elle, le lui prit et elle dit :

« Ne me le prenez pas, senor, c'est un poème qu'on m'a donné à l'heure même, et que je n'ai pas lu.

— Tu sais lire, ma fille ? — dit quelqu'un.

— Et écrire, — répondit la vieille, — car j'ai élevé mon enfant comme si c'était la fille d'un avocat. »

Le caballero ouvrit le papier, et vit qu'il contenait un écu d'or. Il dit :

« En vérité, Préciosa, cette lettre renferme son port. Prends cet écu.

— Baste! — dit Préciosa, — le poète m'a traitée en pauvresse! Il est certain que c'est un plus grand miracle qu'un poète me donne un écu qu'à moi de le recevoir : si de tels noyaux viennent avec ses romances, qu'il transcrive tout le *Romancero général*, et qu'il me l'envoie feuillet par feuillet; j'en mesurerai le poids, et s'ils sont durs, je serai douce à les accueillir. »

L'émerveillement tenait ceux qui écoutaient la Jitanilla, autant pour son intelligence que pour la grâce de sa parole.

« Lisez, senor, — dit-elle, — et lisez tout haut; nous verrons si le poète est aussi fin qu'il est libéral! »

Et le gentilhomme lut :

» Très belle Gitanita — Pour ton cœur
» de pierre, on t'appelle Préciosa.

» Car c'est une vérité, comme tu peux
» le voir en toi, que jamais ne se sépa-
» rent le mépris et la beauté.

» Si, comme tu grandis en grâce, tu
» grandis en arrogance, j'ai bien peur
» pour l'époque où tu as pris naissance.

» Car, un basilic croît en toi, qui tue
» par son regard : et ton empire, quoique
» charmant, nous paraît une tyrannie.

» Entre les pauvres et les vagabonds,
» *comment naquit une telle beauté ?* Oh !
» comment une telle splendeur vint-elle
» de l'humble Manzanarès ?

» Pour cela, il sera fameux, autant que
» le Tage doré : et, pour Préciosa, comme
» le Gange il sera célébré.

» Tu dis la bonne aventure, et tu la
» donnes continuellement mauvaise ; car,
» ne vont pas par un même chemin, ton
» intention et ta beauté.

» Parce que, dans le péril de te contem-
» pler, ton intention tend à disculper, et
» ta beauté à donner la mort.

» On dit qu'elles sont sorcières, toutes
» celles de ta nation : mais tes charmes
» sont plus forts et plus vrais.

» Puisque, pour enlever les dépouilles,
» de tous ceux qui te voient, ô nina, les
» charmes sont dans tes yeux !

» Sur toutes les forces tu domines :

....

» car, dansante, tu nous ravis ; et tu nous » tues, quand nous te regardons ; et tu » nous enchantes quand tu chantes !

» De cent mille manières, tu charmes » par ta parole, ton silence, tes chants, » tes regards ! Ou que tu approches ou » que tu partes, tu attises le feu de » l'amour.

» Au cœur le plus libre, tu imposes » ton empire ; de quoi le mien témoigne, » satisfait de ta domination.

» Préciosa, joyau d'amour, voici ce » qu'écrit humblement, celui qui pour toi » meurt et vit, pauvre. »

« C'est en pauvre que finit le poème, — dit Préciosa, — mauvais signe ! Jamais les amoureux ne doivent dire qu'ils sont pauvres, car au début, à ce qu'il me paraît, la pauvreté est grande ennemie de l'amour !

— Qui t'enseigne cela, jeune fille ! — dit un gentilhomme.

— Qui me l'enseignerait ? — répondit Préciosa. — Ne possédai-je pas mon âme ?

N'ai-je pas mes quinze ans ? Je ne suis ni manchote, ni boiteuse, ni estropiée de l'entendement : l'esprit des gitanes va autrement que celui des gens ordinaires ; toujours il devance les années ; il n'est point de gitano niais, ni de gitane lourde. Comme, pour soutenir leur vie, ils dépendent de leur astuce, finesse et ruse, ils exercent leur esprit à chaque pas.

« Voyez-vous ces jeunes filles, mes compagnes, qui sont silencieuses et paraissent sottes ? Mettez-leur le doigt dans la bouche, et essayez leurs dents de sagesse, vous verrez ce que vous verrez. Il n'y a pas de fillette de douze ans chez nous, qui n'en sache autant qu'une des vôtres de vingt-cinq, parce qu'elles ont pour maîtres et précepteurs le diable et l'usage, qui leur apprennent en une heure ce qu'elles n'apprendraient qu'en un an. »

Tandis qu'elle parlait, la Jitanilla tenait chacun suspendu à ses lèvres.

La bourse de la vieille s'emplit de trente réaux, et plus riche et allègre qu'une Pâques Fleuries, elle mena devant elle ses agnelles, et alla à la maison du seigneur lieutenant, ayant promis de ramener un autre jour son troupeau pour contenter ces seigneurs si généreux.

Déjà prévenue, la senora dona Clara, femme du lieutenant, attendait les Bohémiennes comme l'ondée de mai. Elle avait auprès d'elle ses femmes et ses duègnes, et les femmes d'une autre senora, sa voisine.

A peine les gitanes étaient-elles arrivées, que Préciosa resplendit entre les dames, comme la lueur d'une torche entre de petites lumières ; aussi, tout le monde courut à elle. Les unes l'embrassaient, d'autres l'admiraient ; certaines la bénissaient.

Dona Clara disait :

« C'est là ce qu'on peut nommer une chevelure d'or ! Et voilà des yeux d'émeraude ! »

La senora, sa voisine, l'examinait en ses moindres détails. Elle admira fort une fossette au menton de Préciosa :

« Oh ! quelle fossette ! Dans cette fossette doivent s'éblouir tous les yeux !

Ce qu'entendant, un écuyer de dona Clara, à longue barbe et déjà âgé, dit :

— Vous nommez cela une fossette, madame ? Ou j'en sais peu sur ce chapitre, ou ceci est une fosse pour enterrer les vivants ! Par Dieu, la Jitanilla est si gracieuse, que d'argent ou de sucre elle ne le pourrait être plus ! Sais-tu dire la bonne aventure, ma fille ?

— De trois ou quatre manières, — répondit Préciosa.

— Oh ! cela encore ! — dit dona Clara. — Par la vie du lieutenant, mon seigneur, tu me la diras, fillette d'or et d'argent, fillette d'escarboucles et de perles, fillette du Ciel !

— Donnez, — dit la vieille, — donnez la paume de la main à la fillette et de quoi faire la croix, et vous verrez quelles choses elle dira ; elle en sait plus qu'un docteur en médecine. »

En mettant la main à sa poche, la senora lieutenante, vit qu'elle n'avait pas un blanc ; elle demanda un cuarto à ses suivantes ; aucune n'en avait, ni la senora voisine. Préciosa, voyant cela, dit :

« Toutes les croix, en tant que croix, sont bonnes — mais celles d'argent ou d'or sont meilleures. Faire la croix dans la paume de la main avec une monnaie de cuivre, cela trouble la bonne aventure, du moins la mienne : aussi je préfère tracer la première croix avec un écu d'or, ou un réal de huit, ou au moins de quatre : je suis comme les sacristains, qui se réjouissent quand l'offrande est bonne.

— Tu es vraiment douée, fillette, — dit la senora voisine.

Et se tournant vers l'écuyer, elle lui dit :

— Vous, seigneur Contreras, n'avez-vous aucun réal de quatre ? Quand viendra le docteur mon mari, je vous les rendrai.

— J'en ai un, — répondit Contreras, — mais il est en gage pour les vingt-deux maravédis de mon souper de la nuit dernière : donnez-les-moi, et j'irai dégager le réal.

— Nous ne tenons pas entre nous toutes un cuarto, — reprit dona Clara, — et vous voulez vingt-deux maravédis ! Allez, Contreras, vous serez toujours un impertinent ! »

Une des suivantes, voyant la stérilité de la maison, dit à Préciosa :

« — Jeune fille, peut-on faire la croix avec un dé d'argent ?

— Vraiment, — répliqua Préciosa, — on fait les meilleures croix du monde avec des dés d'argent, surtout s'il y en a beaucoup.

— J'en ai un, — répliqua la suivante ; — si c'est suffisant, le voilà... sous condition que tu me diras aussi la bonne aventure.

— Pour un dé, tant de bonnes aventures ! — dit la vieille gitane, — fillette, sois preste, il se fait nuit ! »

Préciosa prit le dé et la main de la senora lieutenante, et lui dit sa bonne aventure.

» Belle, belle, aux mains d'argent,
» plus t'aime ton mari, que le roi des
» Alpujurras.

» Tu es la palombe sans fiel, mais par-
» fois tu es comme la lionne d'Oran ou la
» tigresse d'Ocana.

» Mais en un tras, en un tris, la mau-
» vaise humeur te quitte, et tu es comme
» de la cire, ou comme une inoffensive
» brebis.

» Tu disputes beaucoup et manges peu ;
» tu es jalouse, quelquefois, car le Tiniente
» est galant, et il aime à plaisanter.

» Quand tu étais jeune fille, quelqu'un » d'aimable t'aima ; que mal advienne aux » tiers qui se mettent en travers des » goûts.

» J'aimerais ne pas te le dire, mais peu » importe, allons : en veuvage tu revien- » dras, et deux fois te remarieras.

» Ne pleure pas, ma senora, car pas » toujours les gitanes ne disent parole » d'Évangile ! Ne pleure pas, senora !

» Car si tu meurs plus tôt que le senor » Tiniente, cela pourra remédier aux » ennuis du veuvage qui te menace !

» Tu hériteras très prochainement d'une » grande fortune ; tu auras un fils cha- » noine — dans quelle église, je n'en sais » rien : à Tolède, ce n'est pas possible.

» Puis, une fille blonde et blanche, tu » auras, qui, si elle est religieuse, arrivera » à être abbesse. Si ton époux ne se meurt » avant quatre semaines — tu le verras » corrégidor de Burgos ou Salamanque.

» *Une envie te tient : quel charmant* » objet ! Ah ! Jésus, quelle lune claire ! » quel soleil qui, aux antipodes, éclaire » les obscures vallées !

» Garde-toi des chutes, principalement

» sur le dos : car elles sont périlleuses
» pour les grandes dames.

» Des choses encore sont à te dire : si
» vendredi tu m'attends, tu les entendras,
» beaucoup sont agréables et quelques-
» unes néfastes.

Elle éveilla chez toutes les dames l'ardent désir de connaître la leur : aussi la lui demandèrent-elles. Elle remit tout au vendredi suivant, en leur faisant promettre qu'elles auraient les réaux d'argent pour faire les croix.

Durant ce temps, survint le senor lieutenant. On lui conta des merveilles de la Jitanilla ; il la pria de danser, et confirma toutes les louanges. Il mit la main à la poche, fit le signe de chercher, et, après de longues fouilles, il retira la main vide en murmurant :

« Par Dieu ! je n'ai pas un blanc ! dona Clara, donnez un réal à Préciosita, je vous le rendrai tout à l'heure.

— Voilà qui va bien, seigneur ! Nous

n'avons, entre nous toutes, pas un cuarto pour faire le signe de la croix, et vous demandez un réal ! Donnez-lui l'un de vos rabats, ou quelque autre chose, et quand Préciosa reviendra, nous la régalerons mieux !

— Afin qu'elle revienne un autre jour, je ne donnerai rien à Préciosa aujourd'hui ! — répliqua le lieutenant.

— Au contraire, si vous ne me donnez rien, — dit Préciosa, — jamais plus je ne reviendrai... mais si, pour servir de si hauts seigneurs, je reviendrai : mais je me persuaderai d'avance que je n'aurai rien, et j'économiserai l'espérance ! Trafiquez de la justice, senor lieutenant, trafiquez-en pour de l'argent, et ne faites pas de nouvelles coutumes, car vous mourriez de faim ! Écoutez, senor ; j'ai entendu dire — et malgré ma jeunesse je comprends que ce sont de mauvais propos — qu'il faut soutirer de l'argent des places, pour prétendre à d'autres places !

— C'est ce que disent et font les gens sans âme ! — répliqua le lieutenant ; — mais le juge qui justifiera de ses bons services n'aura point à payer de condamnation, et sa bonne conduite plaidera pour qu'il obtienne d'autres charges !

— Votre Seigneurie parle comme un saint, — répondit Préciosa ; — faites ainsi, nous ferons des reliques de vos vêtements !

— Tu sais beaucoup, Préciosa, — dit le lieutenant ; — je te ferai voir à Leurs Majestés, car tu es un morceau de roi !

— Ils voudront me faire faire des tours, — répliqua la gitane, — je ne le pourrai point, et tout ira à ma perte ; s'ils me désiraient pour mon esprit, je dirais oui ; mais dans certains palais, les escamoteurs réussissent mieux que les gens d'esprit. Je me trouve bien d'être gitane et pauvre, et, pour le reste, que la chance tourne comme le ciel le voudra.

— Va, nina, — dit la vieille gitane, — ne parle plus, tu as beaucoup parlé.... tu en sais plus long que je ne t'ai enseigné ; ne sois pas si fine, ta pointe se romprait : parle de ce que tes années permettent, et ne va pas si haut, car il n'est point de hauteur qui ne menace de chute.

— Le diable tient ces gitanes ! » s'exclama le lieutenant.

Les gitanes prirent congé. Alors, la suivante au dé demanda.

« Préciosa, dis-moi la bonne aventure, ou rends-moi mon dé; je n'en ai pas d'autre pour travailler.

— *Senora* suivante, — répondit Préciosa, — faites comme si je l'avais dite, et pourvoyez-vous d'un autre dé, ou ne faites point de couture jusqu'à vendredi... et je dirai plus d'aventures que n'en contient un livre de chevalerie. »

Les gitanes s'en furent et se joignirent à des campagnards qui partaient de Madrid à l'heure de l'*Ave Maria :* elles étaient ainsi en nombreuse compagnie et en toute sécurité — car la vieille gitane vivait dans la continuelle terreur qu'on ne lui enlevât Préciosa.

Un matin que la vieille allait à Madrid avec les jeunes filles, elles virent, en un val qui est à cinq cents pas de la ville, un jeune homme de bonne mine richement équipé : son épée et sa dague resplendissaient comme de l'or ; il portait un sombrero garni d'une bande précieuse et de plumes multicolores.

Les gitanes s'arrêtèrent à sa vue, et se

mirent à le regarder, s'étonnant qu'à une telle heure, un si beau jeune homme fut en un tel lieu, à pied et seul.

Il alla vers elles, et parlant à la vieille bohémienne, lui dit :

« Par votre vie ! amie, faites-moi le plaisir, vous et Préciosa, d'entendre, à part, deux paroles, qui seront à votre profit !

— Si nous ne devons pas nous arrêter ni nous détourner longtemps, soit ! — répondit la vieille.

Et appelant Préciosa, elles allèrent à vingt pas des autres gitanes. Le jeune homme leur dit :

— Je suis épris de telle manière de l'intelligence et de la beauté de Préciosa, qu'après de longs efforts pour éviter d'en venir à ce point, je me trouve dans l'impossibilité absolue de me dégager. Je suis chevalier, mesdames, comme pourront vous le montrer mes insignes !

Et, écartant son manteau, il découvrit sur sa poitrine, l'insigne d'un des ordres les plus renommés d'Espagne.

— Je suis le fils de... (Par discrétion, nous n'écrivons pas le nom de famille du héros). Encore sous la tutelle paternelle, je suis fils unique, et j'espère un raisonnable majorat : mon père est à la Cour, sollicitant une charge qu'il obtiendra sous peu — et quoique je sois de bonne noblesse et qualité, comme je viens de vous le dire, je voudrais être tout à fait grand seigneur pour élever à ma grandeur l'humilité de Préciosa. Je ne prétends pas à elle pour la décevoir — la loyauté de mon amour est trop grande pour qu'il puisse s'y mêler aucune tromperie ! Je ne veux que la servir, de la manière qu'elle préférera : sa volonté est la mienne — mon âme est de cire pour elle : elle pourra y imprimer ce qu'elle voudra. Et pour garder ses ordres, ils ne seront pas comme imprimés sur la cire, mais comme sculptés dans le marbre ; si vous croyez à ma sincérité, mon espérance est sans bornes ; mais si vous ne me croyez pas, vos défiances me tiendront perpétuellement dans la tristesse. Voici mon nom — et il dit son nom. — Vous connaissez déjà le nom de mon père ; ma maison est dans telle *calle*, avec tels et tels signes. Il y a des voisins auprès desquels vous pouvez vous informer; d'ailleurs le nom de mon père et sa qualité ne sont pas si obscurs qu'on ne les connaisse à la Cour et à la ville. J'ai là cent écus d'or, pour vous les donner comme arrhes et comme signe de ce que je pense vous donner : car on n'est pas chiche de sa fortune quand on donne son âme. »

Pendant que le caballero parlait ainsi, Préciosa le regardait bien attentivement, et, sans doute, ni ses paroles ni son aspect ne lui déplurent :

« Pardonne-moi, grand'mère, — fit-elle en se tournant vers celle-ci, — si je prends la liberté de répondre à ce seigneur si amoureux !

— Réponds à ta guise, fillette, — répondit la vieille, — je sais que tu as de l'esprit en tout !

Préciosa dit donc :

— Seigneur caballero, quoique je ne sois qu'une gitane, pauvre et d'humble naissance, j'ai un certain esprit fantastique qui m'élève à de grandes choses ! Les promesses ne m'émeuvent et les dons ne me domptent, ni les soumissions ne me plient, ni les propos d'amour ne m'effraient : quoique à peine âgée de quinze ans — d'après le compte de ma grand'mère, je les aurai à la St-Michel — je suis déjà vieille en pensée, et j'en sais plus que ne le promet mon âge, plus par mon bon naturel que par mon expérience ; en somme, de toute manière je sais que les passions d'amour égarent la volonté. Mais, si on réalise son désir, le désir diminue avec la possession, et, les yeux s'ouvrant alors, souvent on voit qu'il faut justement exécrer ce qu'on adorait : cette crainte engendre en moi une telle *défiance* que je ne crois à aucune parole, et que je doute de beaucoup d'œuvres !

« Je ne possède qu'un seul joyau, que j'estime plus que la vie — c'est ma pudeur et ma virginité ; et je ne tiens pas à les vendre au prix de promesses ni de dons ; car enfin, ils seraient vendus, et s'ils pouvaient l'être, ils seraient indignes d'estime. Je ne me les laisserai point enlever non plus par la ruse ou la trahison ; au contraire, je préférerais les emporter au tombeau, plutôt que de les mettre en péril de chimères ou fantaisies qui les souilleraient. La virginité est une fleur, qui ne devrait, si c'était possible, pas même être offensée en imagination : la rose coupée du rosier, avec quelle rapidité et facilité elle se fane ! Celui-ci la touche, celui-là la repire, l'autre l'effeuille, et finalement, elle meurt entre des mains de rustre ! Si vous ne venez, seigneur, que pour cela seulement, vous ne l'aurez que par le mariage ; que si ma virginité doit succomber, que ce soit sous ce joug sacré, car alors elle ne sera pas perdue, mais échangée loyalement avec la promesse d'heureux bénéfices. Si vous désirez être mon époux, je serai à vous ; mais d'abord doivent s'accomplir de nombreuses conditions : premièrement je dois savoir si vous êtes ce que vous dites ; puis, cette vérité reconnue, vous aurez à quitter votre demeure, à l'échanger contre nos ranchos, à prendre l'accoutrement des gitanos, et à rester deux ans à nous suivre : après cela, si vous êtes content de moi, et moi de vous, je me donnerai en mariage ; mais d'ici là vous me considérerez comme votre sœur et humble servante : songez que durant ce noviciat vous pouvez recouvrer la vue, que vous avez perdue maintenant, ou pour le moins trouble, et que peut-être vous verrez qu'il convient de fuir ce que vous suivez aujourd'hui si vivement ; et, la liberté recouvrée, un bon repentir fait pardonner bien des fautes. Si, sous ces conditions, vous voulez entrer parmi nos soldats, le choix est entre vos mains, mais si une seule de ces conditions manque, vous ne toucherez pas un seul de mes doigts. »

Le jeune homme demeura interdit des paroles de Préciosa, et il regarda le sol, considérant attentivement ce qu'il allait répondre.

Ce que voyant, Préciosa recommença à parler :

« Ce n'est pas un cas de si peu d'importance qu'il puisse ni doive se résoudre dans le temps présent : retournez, senor, à la ville et considérez longuement ce que vous croirez vous convenir ; vous pourrez, ici même, me parler les jours de fête, à l'aller ou au retour de Madrid.

Il répondit :

— Quand le ciel me fit t'aimer, ma Préciosa, je me déterminai à faire tout ce que tu exigerais : il ne me vint pourtant jamais à la pensée que tu exigerais ce que tu exiges. Mais puisque tu veux que mon goût se plie au tien, compte-moi pour gitano désormais, et fais sur moi toutes les expériences que tu voudras — tu me verras toujours le même qu'à présent! Quand veux-tu que je change mes vêtements? Je voudrais que ce fût ce matin — j'abuserai mes parents en prétextant que je vais en Flandre, et j'en obtiendrai de l'argent pour vivre quelque temps; il suffira de huit jours pour préparer mon départ: pour ceux qui seront mes compagnons, je saurai les tromper de manière à réaliser ma détermination. Ce que je te demande — si déjà je puis te demander quelque chose — ce dont je te supplie, c'est, quand tu te seras informée de ma qualité et de celle de ma famille, de ne plus aller à Madrid, afin qu'aucune des puissantes occasions, qui s'y présentent, ne m'enlève le bonheur qui me coûte tant!

— Non! seigneur amoureux, — répondit Préciosa —... sachez qu'avec moi il faut une liberté sans entraves, une liberté qui ne soit pas troublée par les ombres de la jalousie, et comprenez que je ne la prendrai pas si extrême qu'on ne puisse voir de loin que mon honnêteté égale mon indépendance ! La première condition que j'impose, c'est une entière confiance en moi : les amants, qui commencent par la jalousie, sont des sots ou des fats !

— Satan te tient au corps, petite fille ! — cria la vieille gitane. — Vois ! les choses que tu dis, un collégial de Salamanque ne les dirait pas ! Tu connais l'amour, tu connais la jalousie et la confiance ! Comment cela ? Tu m'affoles, et je suis là t'écoutant comme une personne ensorcelée qui parle latin sans le savoir.

— Grand'mère... — répondit Préciosa, — sachez que toutes les choses que vous m'entendez dire sont des paroles d'enfant à côté de celles que je garde en moi ! »

Tout ce que disait Préciosa, et toute la discrétion qu'elle montrait, c'était mettre de l'huile sur le feu qui brûlait dans la poitrine de l'amoureux.

Finalement, ils convinrent de se revoir au même endroit, dans huit jours, et qu'il rendrait compte du résultat de ses affaires : durant ce temps, elles pourraient se rendre compte de la véracité de ce qu'il avait dit.

Le jeune homme tira une bourse de brocart, où il y avait cent écus d'or, et la tendit à la vieille. Préciosa ne voulut en aucune manière qu'elle la prit; mais la gitane se récria :

« Tais-toi, nina, car le meilleur signe que ce senor ait donné de sa soumission, c'est d'avoir remis les armes; le don, en quelque occasion que ce soit, fut toujours l'indice d'un cœur généreux, et souviens-toi du proverbe qui dit : « Prier le ciel, « et donner du marteau. » De plus, je ne veux pas que les gitanes perdent la réputation d'avides et d'économes qu'elles ont acquise à travers bien des siècles. Tu veux, Préciosa, que je repousse cent écus, qu'on peut porter cousus dans la bordure d'une jupe de deux réaux, et les tenir là comme une rente sur les herbages d'Estramadure? Si quelqu'un de nos fils, petits-fils ou parents tombait par disgrâce dans les mains de la justice, y aurait-il une protection meilleure à faire valoir, à l'oreille du juge ou du greffier, que ces écus? Trois fois, pour trois délits différents, je me suis vue presque hissée sur l'âne, pour être fouettée : une fois, une jarre d'argent me libéra, une seconde fois, un collier de perles, une autre, quarante réaux *de huit*, que je troquai pour des cuartos, en donnant vingt réaux de plus pour le change (1). Vois, nina, que nous exerçons une profession périlleuse et pleine de pièges et d'occasions pour trébucher et tomber : nous n'avons pas de défense plus rapide, sûre et secourable que les armes invincibles du grand Philippe.

« Avec un doublon à deux faces, on peut égayer la triste face du procureur et de tous les officiers de la mort. Les magistrats sont les harpies des pauvres gitanes ; ils mettent plus de prix à nous dépouiller et à nous écorcher qu'un voleur de grand chemin. Jamais, pour si déguenillés et désastreux qu'ils nous voient, ils ne nous tiennent pour pauvres ; ils disent que nous sommes comme les vestes des Français de Belmonte, déguenillés et graisseux, mais pleines de doublons.

(1) C'est-à-dire que la gitane donna à quelque magistrat vénal une somme importante pour quelques sous, en feignant de changer de la monnaie.

— Par votre vie! grand'mère, n'en dites pas plus... vous alléguez tant de lois pour garder de l'argent, que vous taririez toutes les lois des empereurs: gardez celui-ci, et bonne chance. Plaise à Dieu que vous l'enterriez dans une tombe, et que jamais il ne revoie la clarté du soleil, que jamais il ne soit nécessaire de le déterrer !... Nous serons forcées de donner quelque chose à nos compagnes, il y a longtemps qu'elles nous attendent, et elles doivent commencer à s'impatienter!

— Elles verront cet argent-ci, — répliqua la vieille, — comme elles voient le Grand-Turc! Ce bon senor, s'il lui reste quelque monnaie d'argent ou des cuartos, les répartira entre elles, car peu de chose les contentera.

— Oui, j'en ai! » dit l'amoureux.

Il tira de sa poche trois réaux de *huit*, qu'il répartit entre les trois gitanelles, ce qui les fit plus allègres et satisfaites qu'un auteur de comédie, en compétition, avec un autre, lorsqu'on ajoute sur ses affiches : *Vainqueur! vainqueur!*

On demeura d'accord que le jeune

homme reviendrait dans huit jours, et qu'il prendrait, en se faisant bohémien, le nom d'Andrès Caballero : car il y avait parmi eux des gitanos de ce nom.

Andrès, comme nous le nommerons dorénavant, n'osa embrasser Préciosa. Mais, concentrant son âme dans un regard, il retourna à Madrid. Les gitanes, très contentes, y allèrent de leur côté. Préciosa, qui portait déjà quelque intérêt au beau et aimable Andrès, était impatient de savoir s'il était bien ce qu'il avait dit être.

Elles entraient à peine à la ville, lorsqu'elles rencontrèrent le page qui avait remis le poème et la couronne d'or à Préciosa.

« Soyez la bienvenue, Préciosa, — dit-il en l'abordant. — Avez-vous lu mes vers ?

— Avant que je ne vous réponde, vous devez, sur ce que vous aimez le mieux, me dire une chose.

— Sur cette demande, — fit-il, — je ne pourrai refuser de réponse, quel que soit le sujet, dût-il m'en coûter la tête !

— Eh bien ! ce que je désire savoir est ceci : êtes-vous un vrai poète ?

— Si je l'étais vraiment, ce serait par aventure! — dit le page, — mais vous devez savoir, Préciosa, que le nom de poète est un nom que peu de gens méritent! Je ne suis pas un poète, mais seulement un amoureux de poésie: cependant je n'emprunte rien à personne. Les vers que je vous ai donnés sont à moi — comme sont encore ceux que je vous remets à présent. Mais je ne suis pas pour cela un poète. — Dieu m'en préserve!

— Est-ce donc une si mauvaise chose d'être poète?

— Ce n'est pas une mauvaise chose, mais de n'être qu'un poète, et rien autre, je pense que ce n'est pas une bonne chose! Il faudrait user de la poésie comme d'un riche joyau que son possesseur ne porte pas chaque jour, ni ne montre à tout le monde. La Poésie est une belle vierge, chaste, honnête, discrète, réservée, n'outrepassant jamais les limites de la perfection. Elle aime la solitude. Elle se plaît parmi les fontaines, les prairies, les arbres, les fleurs, et elle réjouit et instruit tous ceux qui sont en accord avec elle.

— J'ai entendu dire, — dit Préciosa, — que, malgré tout *cela*, elle est *fort* pauvre.

— C'est plutôt le contraire, — dit le page, — *il n'y a pas de poète qui ne soit* riche, car ils sont tous contents de leur condition, — et c'est là une philosophie que peu de gens comprennent! Mais pourquoi m'avez-vous demandé cela, Préciosa?

— Parce que je crois tous les poètes, ou presque tous, pauvres. Cet écu que vous m'avez donné, enveloppé avec vos vers, m'a causé quelque surprise. Mais maintenant que je sais que vous n'êtes pas un poète, *mais seulement un amoureux* de poésie, je puis croire que vous êtes riche, quoique j'en doute, car votre prodigalité est propre à vous ruiner. C'est un proverbe bien connu, que nul poète ne peut garder ni gagner une fortune.

— Cela ne peut s'appliquer à moi, — dit le page. — Je fais des vers, mais je ne suis ni riche ni pauvre, et sans m'en ressentir ni m'en vanter, comme font les Génois, je puis donner un écu, ou même deux, à qui cela me plaît. Prends donc, précieuse perle, ce second papier, et ce second écu qu'il contient, sans te troubler si je suis poète ou non. Je te prie seulement de croire que celui qui te donne ceci voudrait avoir les trésors de Midas pour te les donner.

Préciosa prit le papier et, sentant l'écu qu'il contenait, elle dit :

— Ce papier vivra longtemps, car il a deux âmes en lui, celle de l'écu et celle des vers. Mais veuillez comprendre, seigneur page, que je ne demande pas tant d'âmes et que si vous ne reprenez pas l'une d'elles, je ne prendrai pas l'autre. Je vous aime comme poète et non comme donateur. Ainsi nous pourrons être plus longtemps amis, car votre provision d'écus s'épuiserait plus vite que vos vers.

— Bien, — dit le page, — puisque vous voulez absolument me croire pauvre, ne rejetez pas l'âme que je vous présente dans ce papier, et rendez-moi l'écu : il a été touché par votre main, et je le garderai comme une relique aussi longtemps que je vivrai. »

Préciosa lui donna l'écu et garda le papier, mais elle ne voulut pas le lire dans la rue. Le page se retira joyeux, croyant que le cœur de la jeune fille était touché, puisqu'elle l'avait traité si aimablement.

Le seul but de Préciosa étant maintenant de trouver la maison du père d'Andrès ; elle alla droit vers la calle, qu'elle connaissait bien, sans s'arrêter nulle part pour danser. Vers le milieu de la calle, elle vit le balcon de fer doré qu'Andrès lui avait annoncé. Là se tenait un caballero d'environ cinquante ans, de noble prestance, avec une croix rouge sur la poitrine. Ce gentilhomme, voyant la jeune fille, l'appela.

« Venez ici, mon enfant et nous vous donnerons quelque chose. »

Ces paroles firent venir trois autres gentilhommes sur le balcon, parmi lesquels l'amoureux Andrès.

Dès l'instant où il fixa ses yeux sur Préciosa, il changea de couleur et perdit contenance. Les jeunes filles montèrent pendant que la vieille demeurait en bas pour interroger les domestiques sur le compte d'Andrès. Comme Préciosa entrait pans la chambre, le vieux caballero disait aux autres :

« C'est là, sans nul doute, la jolie Jitanilla dont on parle tant à Madrid.

— C'est elle, — dit Andrès, — et elle est incontestablement la plus belle créature qui ait jamais existé.

— Ainsi dit-on, — intervint Préciosa, qui avait entendu ces remarques pendant qu'elle entrait, — mais on doit se tromper de moitié. Je pense que je suis assez jolie, mais aussi belle qu'on le dit, je n'en crois rien.

— Par la vie de don Juanito, mon fils, — dit le vieux caballero, — tu es plus belle que tu ne le crois, ma jolie bohémienne.

— Et qui donc est don Juanito ?... Votre fils ?

— C'est le galant qui est à côté de toi.

— Vraiment, je croyais que votre Seigneurie avait juré par quelque gamin de deux ans, — dit Préciosa. — Quel joli petit don Juanito ! Il est d'âge à être marié ; et par certaines lignes de son front, je prévois qu'il sera marié avant trois ans et à son avantage, si dans l'entretemps il n'est pas perdu ou changé.

Quelqu'un de la compagnie s'écria :

— Ah! ah! la bohémienne peut dire la signification d'une ride! »

Pendant ce temps, les trois jeunes filles qui accompagnaient Préciosa chuchotaient entre elles.

« Filles, — dit Cristina, — c'est là le gentilhomme qui nous a donné trois réaux de huit ce matin.

— Sûrement, — dirent-elles, — mais n'en disons pas une parole, s'il n'en fait pas mention. Peut-être désire-t-il garder le secret. »

Pendant que toutes trois conféraient ainsi, Préciosa répondait à la dernière remarque sur les rides :

« Ce que je vois avec mes yeux, je le sens avec mes doigts. Je sais que le seigneur don Juanito, et sans consulter de lignes, est amoureux, impétueux et impatient. C'est un grand prometteur de choses qui paraissent impossibles. Dieu fasse qu'il ne soit pas un trompeur, ce qui serait le pire de tout. Il est sur le point de faire un grand voyage : mais le cheval croit une chose, et l'homme qui le selle en croit une autre. L'homme propose et Dieu dispose. Il pense peut-être qu'il va à Onez et il pourra se trouver sur le chemin de Gaviboa.

— En vérité, Jitanilla, — dit don Juan, — tu as bien deviné beaucoup de choses. J'ai l'intention, avec la volonté de Dieu, de partir pour la Flandre dans quatre ou cinq jours, quoique vous prédisiez que j'aurai à me détourner de ma route : pourtant j'espère qu'aucun obstacle ne surviendra.

— N'en dites pas davantage, senorito, — répondit la bohémienne, — mais recommandez-vous à Dieu et tout ira bien. Soyez sûre que je ne sais rien du tout de ce que j'ai dit : il n'est pas étonnant que je trouve quelquefois le joint à force de bavarder. Je voudrais parler assez bien pour vous persuader de ne pas quitter votre maison et de demeurer tranquillement avec vos parents pour consoler leur vieillesse. Je ne suis pas partisan de ces expéditions en Flandre, spécialement pour un aussi jeune homme que vous : grandissez encore un peu, attendez que vous soyez plus capable de supporter les fatigues de la guerre. D'ailleurs, ne croyez-vous pas avoir assez de guerre à la maison, avec tous ces amoureux conflits qui ragent dans votre poitrine? Considérez ce que vous ferez avant de vous marier. Et maintenant faites-nous un petit don pour la grâce de Dieu et pour le nom que vous portez : car, en vérité, je crois que vous êtes bien né. Si avec cela vous êtes loyal et sincère, je chanterai des jubilés, pour avoir trouvé du vrai dans ce que je vous ai raconté.

— Je t'ai dit auparavant, nina, — dit don Juan, qui n'était autre qu'Andrès Caballero, — que tu avais raison en tous points, excepté lorsque tu craignais que je ne fusse pas un homme de parole. La parole que je donne dans les champs, je la remplis à la ville sans jamais attendre qu'on m'en demande l'accomplissement, car personne ne peut estimer un gentilhomme capable du vice de fausseté. Mon père te donnera des étrennes au nom de Dieu et au mien, car j'ai donné ce matin tout ce que j'avais à des dames,. desquelles je n'oserais pas m'aventurer à dire qu'elles sont aussi obligeantes que belles, l'une d'elles spécialement. »

En entendant cela, Cristina dit à ses compagnes :

« Puis-je être pendue, filles, s'il n'est pas occupé à parler des trois pièces de huit qu'il nous a données ce matin.

— Non, c'est impossible, — observa l'une d'elles, — car il a dit qu'il y avait trois dames et nous ne sommes pas des dames, et, étant aussi véridique qu'il le dit, il ne voudrait pas mentir en cette circonstance.

— Oh! mais — dit Cristina, — ceci n'est pas un mensonge, car ce ne peut faire de mal à personne. Quoiqu'il en soit, je vois qu'il ne nous donne rien et ne nous demande pas de danser. »

La vieille bohémienne entra en ce moment dans la chambre et dit :

« Hâte-toi, petite fille, car il se fait tard et il y a beaucoup de choses à faire, et encore plus à dire.

— Qu'il y a-t-il, grand'mère ? — demanda Préciosa — Un garçon ou une fille ?

— Un garçon, et très beau. Viens, Préciosa, et tu entendras des merveilles.

— Que Dieu accorde à la mère de ne pas mourir après ses douleurs, — dit la Jitanilla.

— Nous prendrons d'elle tout le soin

possible. Tout s'est bien passé et l'enfant est d'une parfaite beauté.

— Y a-t-il une dame qui a accouché ? — demanda le père d'Andrès.

— Oui, seigneur, — répondit la vieille bohémienne, — mais c'est un tel secret que personne ne le connaît, excepté Préciosa, moi-même, et une autre personne. Donc nous ne pouvons pas dire le nom de la dame.

— Bon, nous ne demandons pas de le connaître, — dit un des caballeros présents ; — mais que Dieu aide la dame qui met son secret entre vos mains et son honneur à votre discrétion.

— Nous ne sommes pas toutes mauvaises ! — répondit Préciosa ; — il y en a parmi nous qui se piquent d'être aussi loyales et aussi sincères que le plus noble gentilhomme présent dans cette chambre. Partons, grand'mère, car nous sommes tenues ici en petite estime, quoique nous ne soyons ni des voleurs ni des mendiants.

— Ne sois pas fâchée, Préciosa, — dit le père d'Andrès, — personne, je présume, ne peut imaginer du mal de toi, car ta bonne apparence est une garantie de ta bonne conduite. Fais-moi la faveur de danser quelque peu, toi et tes compagnes ; j'ai ici un doublon à deux faces, dont aucune n'est aussi belle que la tienne, quoique ce soient les deux faces de deux rois. » Lorsque la vieille entendit cela, elle s'écria :

« Allons, fillettes, ajustez vos jupes et faites plaisir à ces gentilshommes. »

Préciosa prit le tambourin et elles dansèrent toutes avec tant de grâce et de légéreté, que les yeux des spectateurs étaient rivés à leurs pas, spécialement les yeux d'Andrès, qui regardait Préciosa comme si toute son âme était concentrée en elle. Mais un accident imprévu tourna son délice en angoisse. Dans l'animation de la danse, Préciosa laissa tomber le papier qui lui avait été donné par le page.

Il fut immédiatement ramassé par le gentilhomme qui n'avait pas bonne opinion des gitanes. Il l'ouvrit et dit :

« Qu'est cela ? Un madrigal ? Bon ! interrompez la danse et écoutez, car pour autant que j'en puis juger par le commencement, il n'est réellement pas mal. »

Préciosa fut ennuyée de ceci, car elle

ne connaissait pas le contenu de ce papier et elle pria le gentilhomme de ne pas le lire. Sa demande ne fit que rendre Andrès plus désireux d'entendre ces lignes et son ami les lut comme il suit :

» Quand Préciosa frappe du tambourin,
» ses mains blanches éparpillent des perles
» — de ses lèvres roses tombent des fleurs ;
» l'âme est suspendue à ses mouvements,
» et chaque boucle de ses cheveux
» entraîne des milliers d'âmes. L'amour
» a déposé ses flèches à ses pieds... »

« Par Dieu, — s'exclama le lecteur, — c'est un délicat poète qui a écrit cela.

— Ce n'est pas un poete, senor, — dit Préciosa, — c'est un page et un très galant homme.

— Prends garde à ce que tu dis, Préciosa, — repartit l'autre, — car les éloges que tu décernes au page sont autant de coups de lance à travers le cœur d'Andrès. Regarde comme il est pâle, affaissé dans sa chaise, couvert d'une sueur froide. N'imagine pas, jeune fille, qu'il t'aime si légèrement que le moindre dédain de toi ne l'attriste. Va à lui, par la grâce de Dieu, et chuchote lui quelques paroles à l'oreille : elles iront droit à son cœur, et le rappelleront à lui-même. Reçois des madrigaux comme ceux-ci chaque jour, et vois ce qu'il en adviendra. »

C'était comme il le disait : Andrès avait été empoisonné par la jalousie, en entendant ces vers ; il était si défait que son père le remarqua et s'écria :

« Qu'y a-t-il, don Juan ? Vous êtes devenu tout pâle et on dirait que vous allez vous évanouir.

— Attendez un moment — dit Préciosa, — laissez-moi lui dire quelques mots à l'oreille et vous verrez qu'il ne s'évanouira pas. »

Alors s'inclinant vers lui, presque sans bouger ses lèvres, elle chuchota.

« Vous ferez une jolie sorte de Bohémien ! Quoi ! Andrès, comment serez-vous capable d'endurer la torture, si vous êtes abattu par un morceau de papier ? »

Alors, faisant une demi-douzaine de signes de croix sur le cœur du jeune homme, elle le quitta. Andrès respira et dit à ses amis que les paroles de Préciosa lui avaient fait du bien.

Finalement le doublon à double face

fut donné à la jeune gitane. Elle dit à ses compagnes qu'elle le changerait et qu'elle le partagerait avec elles.

Le père d'Andrès lui demanda de lui

laisser par écrit les paroles qu'elle avait dites à son fils, et qu'il souhaitait beaucoup de connaître. Elle dit qu'elle les écrirait avec beaucoup de plaisir : quoiqu'elles pussent lui paraître enfantines, elles étaient souveraines contre les maux de cœur et les étourdissements. Le père lut :

... Préciosa prit le tambourin...

« Sotte petite tête, garde-toi des glis-
« sades et sois pleine de confiance, écarte
« les vilains soupçons, et si tu fais ainsi,
« tu verras de merveilleuses choses avec
« l'aide de Dieu et de Saint-Christophe
« le géant. »

— Vous n'aurez qu'à dire ces paroes, — dit Préciosa, — sur toute personne qui aurait quelque mal à la tête, en faisant en même temps six signes de croix sur son cœur, et vous le verrez immédiatement aussi sain qu'une pomme. »

Lorsque la vieille femme entendit ce charme, elle fut émerveillée de l'habileté de sa petite fille, et Andrès le fut encore davantage, quand il s'aperçut que le tout n'était qu'une invention du rapide esprit de la Jitanilla.

Préciosa laissa le madrigal entre les mains du caballero, ne voulant pas le lui redemander de crainte de chagriner encore Andrès. Car elle savait, sans que personne le lui eut jamais enseigné, ce que c'était que de faire sentir à un amoureux les angoisses de la jalousie

Avant de partir, elle dit à don Juan :

« Chaque jour de la semaine, senor,

est bon pour commencer un voyage. Aucun n'est néfaste. Hâtez votre départ autant que vous le pourrez, car il y a devant vous une libre vie, pleine de satisfactions, si vous voulez bien vous en accommoder.

— Il me semble qu'une vie de soldat n'est pas aussi libre que vous le dites, — répondit Andrès. — C'est une vie de soumission plutôt que de liberté. Néanmoins je verrai ce que je pourrai faire.

— Vous verrez plus que vous ne pensez, — dit Préciosa, — et que Dieu vous ait en sa garde et vous conduise au bonheur comme vous le méritez. »

Cet adieu remplit Andrès de délices : les bohémiennes partirent non moins contentes et partagèrent le doublon entre elles. La vieille femme, comme d'habitude, prit une part double, d'abord par droit d'aînesse, ensuite parce qu'elle était la boussole qui les conduisait dans leurs courses à travers la mer de leurs danses, de leurs plaisanteries et de leurs bons tours.

Le jour convenu arriva, et Andrès vint

de grand matin au lieu du rendez-vous, monté sur une mule de louage et sans aucun serviteur : il trouva Préciosa et sa grand'mère l'attendant et fut cordialement accueilli par elles. Il leur demanda de le conduire immédiatement au Rancho avant qu'il fît plein jour, de façon à n'être pas reconnu si par hasard on le cherchait.

Les deux gitanes, qui avaient pris la précaution de venir seules, immédiatement s'en retournèrent et arrivèrent bientôt avec lui à leurs tentes.

Andrès entra dans l'une d'elles, la plus grande du Rancho. Il fut aidé par dix ou douze bohémiens, de beaux gars, jeunes et bien découplés, à qui la vieille femme avait annoncé le nouveau camarade : elle n'avait pas pensé qu'il fût nécessaire de leur demander le secret, car comme nous l'avons déjà dit, ils l'observaient en général avec sagacité, et strictement. Leurs yeux furent attirés tout de suite par la mule ; l'un d'eux s'écria :

« Nous la vendrons jeudi à Tolède !

— Pour cela non, — dit Andrès, — car il n'y a pas une mule de louage à

Madrid, ni en aucune autre ville, qui ne soit connue de tous les muletiers d'Espagne.

— Par dieu ! senor Andrès, — dit quelqu'un de la bande, — s'il y avait plus de signes de reconnaissance sur la mule qu'il y a de signes qui doivent précéder le jour du jugement, nous la transformerions de telle manière qu'elle ne pourrait être reconnue de sa propre mère ni de son propre maître.

— C'est possible, mais il faudra faire en ceci comme je vous le dis. Cette mule doit être tuée et enterrée.

— Tuer l'innocente créature, — s'écria un autre bohémien, — quel péché ! Ne dites pas cela, bon Andrès. Examinez bien la bête jusqu'à ce que vous connaissiez toutes ses marques par cœur, puis laissez-la-moi, et si dans deux heures vous pouvez la reconnaître encore, que je sois bâtonné comme un nègre fugitif.

— J'insiste pour que la mule soit mise à mort, si sûr que je puisse être de sa transformation : je craindrai toujours d'être découvert tant qu'elle ne sera pas sous terre... Si c'est une question de profit qui vous occupe, je ne suis pas assez dénué de sentiments fraternels, pour ne pas payer mon entrée plus de quatre fois le prix de la mule.

— Bien, puisque le seigneur Andrès Caballero le veut ainsi, — dit l'autre bohémien, — que la pauvre créature meure ! quoique Dieu sache combien j'aime peu cela, car elle est si jeune que sa bouche n'a pas encore fini de marquer, chose rare parmi les mules de louage, et elle doit être bonne marcheuse, elle n'a pas de cicatrices au flanc ni de marques d'éperon. »

La mort de la mule fut remise au soir. Le reste du jour se passa en cérémonies d'initiation. Les bohémiens nettoyèrent une des plus belles tentes de leur Rancho, l'ornèrent de branches et de joncs, et asseyant Andrès sur le tronc d'un liège, ils lui mirent un marteau et des tenailles en mains, et lui firent exécuter deux sauts au son de deux guitares.

Ils mirent ensuite un de ses bras à nu, y nouèrent un ruban de soie neuve à travers lequel ils passèrent un court bâton et ils le serrèrent doucement, imitant la manière dont on *garrotte* les criminels. Préciosa était présente à tout cela, ainsi que beaucoup d'autres bohémiennes vieilles et jeunes, dont quelques-unes contemplaient Andrés avec admiration, d'autres avec amour, et telle était sa bonne mine que même les hommes se sentaient enclins à sympathiser avec lui.

Ces cérémonies terminées, un vieux gitano prit Préciosa par la main, et, la mettant en face d'Andrès, parla ainsi :

« Cette jeune fille, qui est la fleur et la crème de toute beauté parmi les bohémiennes d'Espagne, nous te la donnons, soit pour femme, soit pour maîtresse, car sur ce point vous pourrez faire ce qui vous plaira le mieux. Notre vie facile et libre n'est pas soumise aux scrupules ou à l'excès de cérémonies. Regarde-la bien et vois si elle te convient ou s'il est quelque chose en elle qui te déplaît. Si oui, choisis parmi les autres jeunes filles ici présentes, celle que tu aimeras le mieux, et nous te la donnerons. Mais sache qu'une fois ton choix fait, il faudra t'y tenir et ne plus te mêler des autres femmes, mariées ou non mariées. Nous observons formellement la loi de la solidarité. Personne parmi nous ne convoite le bien qui appartient à un autre. Nous vivons librement et sans l'amère plaie de la jalousie. Quoique l'inceste soit fréquent parmi nous, il n'y a pas d'adultère. Si une femme ou une maîtresse est infidèle, nous ne demandons pas aux juges de la punir. Nous sommes nous-mêmes juges et exécuteurs de nos femmes et maîtresses. Nous ne faisons pas plus de façon pour les tuer et les enterrer dans les montagnes et les déserts, que si c'était de la vermine. Personne ne les venge. Aucun parent n'a le droit de nous demander compte de leur mort. Dans cette crainte salutaire, nos femmes apprennent à vivre chastes. Quant à nous, comme je l'ai dit, nous n'éprouvons aucun malaise sur leur vertu.

« Peu de choses ne sont pas communes à tous, excepté les femmes et les maîtresses, parmi lesquelles chacun d'entre nous a le droit d'avoir, seul, celle que la fortune lui a accordée. Chez nous le divorce a lieu autant pour raison de vieillesse que pour raison de mort. Chaque homme, s'il lui plaît, quitte une femme trop vieille pour lui et en choisit une autre. Par le moyen de ces lois et de quelques autres, nous sommes arrivés à mener une vie heureuse. Nous sommes les seigneurs des plaines, des champs, des bois, des montagnes, des sources, et des fleuves. Les montagnes nous donnent du fruit pour rien, les vignes des raisins, les potagers des végétaux, les fontaines de l'eau, les rivières du poisson, les bois du gibier. Les rocs nous donnent de l'ombre, les clairières et les vallées de l'air frais et les cavernes un abri.

« Pour nous, les inclémences du temps sont des zéphyrs ; la neige nous rafraîchit ; la pluie est un bain, le tonnerre de la musique et les éclairs sont des torches. Pour nous la terre est un lit de plumes. Le cuir tanné de nos corps est un impénétrable bouclier. Nos membres ne connaissent pas d'obstacles, que ce soient des barres de fer, des tranchées ou des murailles. Notre courage ne peut être abattu par des cordes ni étouffé par l'eau du supplice ni brisé par la roue.

« Entre *oui* et *non* nous ne faisons pas de différence, lorsqu'il nous plait de les confondre. Nous mettons notre orgueil à être martyrs plutôt que confesseurs. Pour nous, les bêtes de travail sont élevées dans les champs, et les poches sont pleines dans les villes.

« Ni l'aigle, ni aucun autre rapace ne s'élancent plus rapides sur la proie qui s'offre à eux, que nous sur les occasions signalées à notre intérêt : enfin, nous avons toutes les habiletés qui nous promettent d'heureux résultats; c'est ainsi que nous chantons en prison, que nous nous taisons sur le chevalet, que nous travaillons de jour et volons de nuit, — ou plutôt que nous avisons chacun de cacher soigneusement son bien. — Point ne nous tourmente la crainte de perdre l'honneur, ni ne nous excite l'ambition de l'accroître; nous ne soutenons aucun parti, nous ne nous levons pas matin pour présenter des mémoires, flatter les puissants et solliciter des faveurs. Nos baraques, nos campements mobiles, sont pour nous tels que des lambris dorés et de somptueux palais. Pareils à des tableaux de paysages flamands sont les paysages que nous offre la nature en ces rochers élevés, ces pics couverts de neige, ces vastes prairies, ces bois épais qui se découvrent à nos yeux à chaque pas.

« Nous sommes des astronomes rustiques, car, dormant à ciel ouvert, nous savons à toute heure où nous en sommes, du jour et de la nuit ; nous voyons l'aurore ternir et chasser les étoiles du ciel, et, avec sa compagne l'aube, emplir l'air d'allégresse, rafraîchir les eaux et humecter les terres, et, tout de suite après elles, se lever le soleil, *dorant les cimes,* — comme dit un autre poète — et *frisant les montagnes.*

« Nous ne craignons pas d'être gelés lorsque le soleil est absent ou que ses rayons nous arrivent de biais, ni d'être brûlés quand ils nous frappent perpendiculairement. Nous offrons même visage au soleil qu'à la gelée, à la stérilité qu'à l'abondance. Enfin, nous sommes des gens qui vivons par notre industrie et notre bec, sans nous préoccuper de l'antique proverbe : « L'Église, la mer, ou le palais du « roi. » Nous avons ce que nous désirons, car nous nous contentons de ce que nous avons. Je t'ai dit toutes ces choses, généreux jeune homme, afin que tu n'ignores pas à quelle existence tu es venu, et quelle conduite tu auras à suivre. Je t'en ai peint seulement une ébauche; tu y découvriras avec le temps une infinité d'autres choses, non moins dignes de considération que celles que tu as entendues. »

L'éloquent vieux gitano s'arrêta de parler, et le novice dit qu'il se réjouissait beaucoup d'avoir appris ces louables statuts. Il comptait s'engager sur-le-champ dans un ordre si bien basé sur la raison et sur des règles politiques; il se chagrinait seulement de n'avoir pas connu plus tôt une vie si agréable. Il renonçait dès ce moment à la qualité de gentilhomme, à la vaine gloire de son illustre lignage et il se mettait sous leur joug, ou pour mieux dire, sous les lois qui régissaient leurs vies, puisque, en haute récompense, de son ardeur à les servir, on lui livrait la divine Préciosa, pour laquelle il rejetterait des couronnes et des empires, ou du moins ne les désirerait que pour les lui donner. A quoi Préciosa répondit : « Puisque ces seigneurs législateurs ont décidé par leurs lois que je suis tienne et que, étant tienne, ils m'ont livrée à toi, moi j'ai décidé par la loi de ma volonté, qui est la plus forte de toutes, que cela ne sera pas, sinon aux conditions dont nous sommes convenus avant que tu ne vinsses ici. Tu as deux années à vivre en notre compagnie avant de jouir de la mienne, afin que tu ne te repentes pas comme trop impatient, ni moi comme trop pressée.

« Les conditions rompent la loi; si tu gardes soigneusement celles que je t'ai fait savoir, peut-être serai-je à toi et seras-tu à moi; sinon, ta mule n'est pas morte, tes vêtements sont intacts, et il ne manque pas un ardite à ta fortune, ton absence n'est pas encore d'un jour, et tu peux te servir de ce qui t'en reste pour peser ce qui te convient le mieux. Ces seigneurs peuvent te donner mon corps, mais non mon âme, qui est libre, est née libre, et sera libre tant que je le désirerai. Si tu restes, je t'estimerai beaucoup; si tu t'éloignes, je ne t'aimerai pas moins; car, à mon idée, les fougues amoureuses galopent à brides abattues tant qu'elles se choppent à la raison ou à la déception.

« Je ne voudrais pas que tu fusses avec moi ainsi que le chasseur qui, rejoignant le lièvre qu'il suit, le prend, puis le laisse pour courir à un autre. Aux yeux trompés, les oripeaux peuvent, à première vue, sembler de l'or, mais plus tard, les yeux connaissent bien la différence qu'il y a du vrai au faux. Cette beauté que tu dis que je possède, que tu estimes au-dessus du soleil et que tu apprécies plus haut que l'or, qui sait si, de près, elle ne te paraîtra pas obscure, et si tu ne reconnaîtras pas en l'éprouvant, que c'est un métal d'alchimiste? Tu auras deux ans pour peser ce qu'il sera bon de choisir ou juste de repousser. Le bijou dont, une fois acquis, on ne peut plus se débarrasser que par la mort, il est bon qu'on ait du temps pour le regarder, en voir les qualités et les défauts.

« Je ne me règle pas sur la barbare et insolente licence que mes congénères se sont octroyée de quitter les femmes, ou de les châtier quand il leur plaît;

comme je pense ne jamais rien faire qui réclame un châtiment, je ne veux pas prendre un compagnon qui me délaisserait à son gré.

— Tu as raison, ô Préciosa, — répondit à ce moment Andrès ; — aussi, si tu veux que je rassure tes craintes et que j'éloigne tes soupçons, en jurant que je n'omettrai pas un point des règles que tu m'imposeras, cherche quel serment tu veux que je fasse, ou quelle autre sécurité je puis t'offrir, tu me trouveras disposé à tout.

— Les serments et les promesses que fait le captif pour qu'on lui donne la liberté s'accomplissent rarement, — fit Préciosa ; — et ainsi sont, je pense, ceux de l'amant, qui, pour satisfaire son désir, promettra les ailes de Mercure et les foudres de Jupiter, comme me promit certain poète, et même jurera par le fleuve du Styx. Je ne veux pas de serments, senor Andrès, je ne veux pas de promesses, je veux m'en remettre uniquement à l'épreuve du noviciat, et je me réserve le soin de me défendre, quand vous tenterez de m'offenser.

— Soit, — répondit Andrès, — je demanderai seulement une chose à ces seigneurs, mes compagnons, c'est qu'il ne me force pas à rien voler pendant la durée d'un mois au moins, car il me paraît que je serai incapable de vol avant d'avoir reçu de nombreuses leçons.

— Tais-toi, mon fils, — dit le vieux gitano, — nous t'enseignerons de façon que tu deviennes un aigle dans le métier, et quand tu le sauras, ce métier, tu le goûteras jusqu'à t'en manger les doigts de la main. Est-ce un sujet de plaisanterie que de partir à vide le matin et de revenir tout chargé le soir au campement?

— J'ai vu revenir à coups de fouet quelques-uns de ces gens à la poche vide, — répondit Andrès.

— *Les truies ne se prennent pas*, etc... — répliqua le vieux; — toutes les choses de cette vie sont sujettes à des périls divers, et les actes des voleurs le sont des galères, du fouet et de la potence. Mais ce n'est pas parce qu'un navire essuie une tourmente ou s'abime, que les autres doivent renoncer à naviguer. Il serait bon que, la guerre dévorant les hommes et les chevaux, on cessât d'avoir des soldats. Et puis, entre nous, celui, qui est fouetté en justice, porte de pieux insignes sur les épaules, ce qui me paraît mieux que de les porter sur la poitrine. La chose est de ne pas finir ruant en l'air dans la fleur de sa jeunesse et à son premier délit. Quant aux mouchetures des épaules ou à l'affaire de bâtonner l'eau sur les galères, nous ne les estimons pas un grain de cacao. Mon fils Andrès, reposez d'abord dans le nid, sous nos ailes; en son temps, nous vous apprendrons à voler et dans des endroits d'où vous ne reviendrez pas sans prise. Ce qui est dit reste dit; vous vous lécherez le bout des doigts après chaque vol.

— Mais en compensation, — dit Andrés, — de ce que j'aurais pu voler dans le temps qu'on m'accorde de répit, je veux partager deux cents écus d'or entre tous ceux du campement. »

A peine eut-il dit cela, qu'il fut saisi par une foule de gitanos. Ils l'élevérent sur leurs bras et sur leurs épaules, le nommant le glorieux, le grand Andrès et ajoutant :

« Et vive, vive Préciosa, sa bien-aimée. » Les gitanes en firent de même avec Préciosa, non sans envie chez Cristina et les autres gitanilles présentes ; car l'envie se loge aussi bien dans les campements des barbares et les cabanes des pasteurs que dans les palais des princes, et cela fâche de voir réussir le voisin qui ne semble pas avoir plus de mérite que soi.

Après cela, on mangea à l'aise, on répartit en toute équité et justice l'argent promis, on répéta les louanges d'Andrès, et la beauté de Préciosa fut portée au ciel. Vint la nuit ; on assomma la mule et on l'enterra de façon qu'Andrès fût sûr de ne pas être découvert par elle. On enterra aussi les harnais, la selle, la bride et les sangles suivant l'usage des Indiens qui enterrent avec eux leurs plus riches joyaux. De tout ce qu'il avait vu et entendu, et aussi de l'esprit des gitanos, Andrès resta fort émerveillé.

Il se proposa de suivre et de poursuivre son projet, sans se mêler à leurs coutumes, ou du moins de s'en défendre par toutes les voies possibles, avec l'espoir d'échapper, aux dépens de sa bourse, à la nécessité de leur obéir dans les choses injustes.

Le lendemain, Andrès leur demanda de changer de place et de s'éloigner de Madrid, parce qu'il craignait d'être reconnu. Ils dirent qu'ils étaient déjà déterminés d'aller dans les montagnes de Tolède, et de courir, d'écumer de là les contrées voisines.

Donc ils levèrent le camp et donnèrent à Andrès une ânesse pour la route; mais il ne l'accepta point, voulant aller à pied et servir de laquais à Préciosa, qui montait une autre bourrique; elle, très contente de voir comme elle triomphait de son galant écuyer, lui, non moins heureux de se voir auprès de celle qu'il avait élue maîtresse de son libre arbitre.

« O force puissante de celui que l'on nomme le doux dieu de l'amertume — titre que lui ont donné notre oisiveté et notre faiblesse — avec quelle ardeur tu nous subjugues, et combien tu nous traites sans respect ! » Andrès est gentilhomme, jeune, intelligent, élevé presque toute sa vie à la Cour et dans le confort par ses riches parents : depuis hier il est tellement changé qu'il a trompé ses serviteurs et ses amis, déçu les espérances que ses parents avaient mises en lui, abandonné le chemin de Flandre où il devait exercer

sa valeur personnelle, accroître l'honneur de sa maison, et il est venu se prosterner aux pieds d'une jeune fille et lui servir de laquais. Si belle qu'elle soit, enfin c'est une gitane! Privilège de la beauté, qui traîne à rebrousse-poil par les cheveux la volonté la plus indépendante!

Après quatre jours de marche, ils arrivèrent dans un village à deux lieues de Tolède, où ils dressèrent le camp, non sans avoir d'abord donné à l'alcade du pays quelques bijoux d'argent en gage qu'ils ne voleraient rien, ni là, ni dans tout le district. Cela fait, toutes les vieilles gitanes, quelques jeunes et les gitanos se répandirent par les villages distants au moins de quatre ou cinq lieues de celui où ils s'étaient établis. Andrès partit avec eux pour sa première leçon de vol; mais bien qu'ils lui en donnassent beaucoup dans cette campagne, aucune ne lui plut. Au contraire, d'accord en cela avec son illustre sang, chaque vol que commettaient ses maîtres lui arrachait l'âme, et souvent il payait de son argent les vols que ses compagnons avaient commis, tout ému par les larmes des victimes.

Les gitanos se désespéraient, disant que c'était contrevenir à leurs statuts et ordonnances qui prohibaient l'entrée de la charité dans leur cœur parce que, une fois qu'elle serait entrée, il faudrait renoncer au vol, chose qui ne leur allait en aucune manière. Voyant cela, Andrès dit qu'il voulait voler par lui-même, sans la compagnie de personne. Il était assez agile pour fuir le danger et, pour le braver, son âme ne faillirait point. Aussi voulait-il à lui seul le prix ou le châtiment de ses vols.

Les gitanos s'efforcèrent de le dissuader de cette entreprise, disant qu'il pourrait se présenter des cas où la compagnie lui serait nécessaire tant pour attaquer que pour se défendre, et qu'une personne seule ne pourrait faire de grandes prises.

Mais ils eurent beau dire, Andrés résolut d'être voleur seul et pour son compte, avec l'intention de s'éloigner de la troupe, d'acquérir à l'aide de son argent quelque objet qu'il pût dire avoir volé, et, par ce moyen, de charger le moins possible sa conscience. Usant de cet artifice, en moins d'un mois il rapporta à la compagnie plus de profit que n'en rapportaient quatre des plus habiles voleurs. Préciosa ne se réjouit pas peu de voir son tendre amant devenir un voleur si vif et si parfait. Cependant elle était toujours craintive de quelque déboire, car elle n'aurait pas voulu qu'Andrés fût avili pour tous les trésors de Venise, tant elle lui était reconnaissante de sa bonne volonté et des nombreux services et cadeaux qu'il lui prodiguait.

Ils restèrent un peu plus d'un mois dans le voisinage de Tolède, où ils firent l'août, bien que ce fut le mois de septembre, et de là ils entrèrent dans l'Estramadure qui est un pays chaud et riche. Tout le temps, Andrès avait avec Préciosa des entretiens honnêtes, discrets et amoureux. Elle, petit à petit s'éprenait à cause de la discrétion et des bons traitements de son amant; et il en était de même pour lui; car si sa passion eût pu s'accroître, elle se serait accrue tant étaient grandes l'honnêteté, la réserve et la beauté de Préciosa. En quelque endroit qu'ils arrivassent, il enlevait les prix et les gageures à la course, et il sautait mieux qu'aucun autre. Il jouait aux boules et à la paume extraordinairement, jetait la barre avec une grande force et une singulière adresse.

Enfin, en peu de temps, sa réputation vola par toute l'Estramadure, et il n'y avait pas un village où l'on ne parlât de la galante tournure du gitano Andrès Caballero, de sa grâce et de son adresse.

De même courait le bruit de la beauté de la Jitanilla.

Il n'y avait pas de ville, de village, de bourg où on ne les appelât pour célébrer la fête votive de l'endroit ou quelque autre fête. De cette manière, le campement devint riche, prospère et content, et les amants étaient heureux rien que de se voir.

Il arriva cependant qu'ayant établi leur camp dans un petit bois de chênes, écarté de la route royale, une nuit, les chiens aboyèrent avec plus de violence que de coutume. Quelques gitanos se levèrent, et Andrès avec eux, pour voir ce qui les faisait aboyer, et ils trouvèrent, se défendant contre les chiens, un homme vêtu de blanc, que deux chiens tenaient par une jambe. Ils coururent, le dégagèrent, et un des gitanos lui dit :

« Quel diable vous amène par ici, homme, à cette heure et si loin de la route? Venez-vous pour voler, par aventure? En vérité, vous seriez arrivé à bon port!

— Je ne suis pas venu pour voler, — répondit le mordu, — ni ne sais si je suis ou non loin de la route; mais je vois bien que je suis dévoyé. Dites-moi, seigneurs, y a-t-il par ici quelque auberge ou village où je pourrais me loger cette nuit et soigner les blessures que vos chiens m'ont faites ?

— Il n'y a ni village, ni auberge où nous puissions vous conduire, — répondit Andrès ; — mais pour soigner vos blessures et vous loger cette nuit, vous ne manquerez pas de commodités dans nos baraques. Venez avec nous ; quoique nous soyons des bohémiens, il n'y paraît pas en charité.

— Dieu en use pour vous ! — répondit l'homme, — et conduisez-moi où vous voudrez, car la douleur de cette jambe me fatigue beaucoup. »

Andrès s'approcha avec un autre gitano charitable — car même parmi les démons, il en est de pires les uns que les autres, et parmi de méchants hommes souvent il s'en trouve un bon — et, à deux, ils le portèrent. La nuit était éclairée par la lune, de manière qu'ils purent voir que l'homme était jeune, de belle figure et de belle taille. Il était tout vêtu de toile blanche. En travers des épaules, et lui ceignant la poitrine, il portait une sorte de chemise ou de sac de toile. Ils arrivèrent à la tente d'Andrès et y allumèrent promptement de la lumière et du feu. L'aïeule de Préciosa accourut soigner le blessé dont on lui avait mandé l'accident.

Elle prit quelques poils de chien, les fit frire dans l'huile et, après avoir lavé d'abord avec du vin les deux morsures que l'homme avait à la jambe gauche, elle y étendit les poils avec l'huile et, dessus, un peu de romarin bien mâché. Elle banda cette emplâtre avec du linge propre, et fit le signe de la croix sur les blessures en disant :

« Dormez, mon ami, et, avec l'aide de Dieu, cela ne sera rien. »

Pendant qu'on soignait le blessé, Préciosa était présente, et le regardait attentivement. Lui faisait de même pour elle, si bien qu'Andrès ne manqua pas d'observer l'attention avec laquelle le jeune homme la regardait ; mais il l'attribua à la grande beauté de Préciosa, qui attirait tous les yeux.

Dès qu'on eut fini de panser le jeune homme, on le laissa seul sur un lit de foin sec, et, pour le moment, on ne voulut rien lui demander sur son voyage ni sur toute autre chose.

A peine l'avait-on quitté, que Préciosa, appelant Andrès à part, lui dit :

« Te souviens-tu, Andrès, d'un papier qui m'échappa dans ta maison quand j'y dansais avec mes compagnes, un papier qui, je crois, t'a donné un bien mauvais moment.

— Oui, je me souviens, — répondit Andrès, — c'était un sonnet en ta louange et pas mauvais.

— Alors, sache, Andrès, — répliqua Préciosa, — que celui qui fit ce sonnet est le jeune mordu que nous avons laissé dans la cabane, et je ne me trompe en aucune manière, car il m'a parlé à Madrid deux ou trois fois, et même il m'a donné une très jolie ballade. Il me parut alors un page, mais non un page ordinaire; plutôt de ceux que favorise un prince. Et je te dis, en vérité, Andrès, que ce jeune homme est discret et bien élevé, et surtout fort honnête. Je ne sais ce qu'on peut imaginer sur son arrivée ici et en un tel déguisement.

— Que peux-tu imaginer, Préciosa, —

répondit Andrès; — rien, sinon que la même force qui m'a fait gitano, le rend semblable à un meunier, et le fait venir à ta recherche. Ah! Préciosa, Préciosa, comme on découvre que tu veux pouvoir te vanter de tenir plus d'un vaincu. S'il en est ainsi, sacrifie-moi d'abord et tue l'autre ensuite, mais ne nous sacrifie pas tous deux ensemble sur l'autel de ta perfidie, pour ne pas dire de ta beauté.

— Dieu me garde! Que tu es sensible, Andrés, et que tu as attaché tes espérances et ta confiance en moi à un mince fil, puisque la dure épée de la jalousie t'a si facilement pénétré l'âme. Dis-moi, Andrès, s'il y avait en ceci quelque artifice ou perfidie, ne pourrais-je me taire et cacher quel est ce jeune homme? Suis-je donc une sotte pour risquer de te donner l'occasion de mettre en doute ma sincérité et mon bon vouloir? Tais-toi, Andrès, par ta vie, et demain, efforce-toi de tirer du cœur de celui qui te porte ombrage, la cause de sa venue ici et l'endroit où il se rend. Peut-être verras-tu que tu t'es trompé dans tes soupçons, et que ce jeune homme n'est pas celui que j'ai dit. Mais pour ta plus grande satisfaction, puisque me voilà arrivée à ce point de vouloir te satisfaire, dans quelque intention que ce jeune homme soit venu, expédie-le au plus tôt, oblige-le à s'en aller. Tous ceux de notre peuplade t'obéissent, et il n'y en a pas un qui voudra le loger dans sa hutte contre ta volonté. S'il n'en était pas ainsi, je te donne ma parole de ne pas sortir de chez moi et de ne jamais me laisser voir ni à ses yeux, ni aux yeux de tous ceux que tu ne voudras pas qui me voient.

Et se posant devant lui, elle dit :

— Regarde, Andrès, il ne me pèse pas de te voir jaloux, mais il me pèserait beaucoup de te voir incrédule.

— Si tu ne me vois fou, Préciosa, quelle autre démonstration sera assez forte pour te faire comprendre les souffrances de la jalousie et jusqu'où va son amère et dure prévention? Mais, quoiqu'il en soit, je ferai ce que tu me demandes, et je saurai, s'il est possible, ce que veut ce senor page poète, où il se rend, ce qu'il cherche. Peut-être, par quelque fil, et sans me montrer, déviderai-je toute la pelote dont il vient me garrotter.

— Jamais la jalousie, à ce que j'imagine, — dit Préciosa — ne laisse l'entendement assez libre pour qu'on puisse juger les choses telles qu'elles sont. Toujours les jaloux regardent avec des lunettes d'approche qui de petites choses font des grandes, de nains font des géants, et des soupçons la vérité. Par ta vie et par la mienne, Andrès, procède en ceci et en tout ce qui regarde nos arrangements avec sagesse et discrétion. Si tu fais ainsi, je sais que tu auras à me concéder la palme de l'honnêteté, de la réserve et de la sincérité. »

Là-dessus elle s'éloigna, et il attendit le jour pour recevoir la confession du blessé, l'âme pleine de trouble et de mille imaginations contradictoires. Il ne savait que supposer, sinon que le page avait été attiré par la beauté de Préciosa ; car un voleur croit tout le monde de son métier. D'autre part les satisfactions que Préciosa lui avait données lui paraissaient si fortes qu'elles l'obligeaient à la sécurité, qu'elles le contraignaient à remettre toute sa fortune entre les mains de sa maîtresse.

Le jour arriva — et il avait paru plus tardif que les autres fois, — Andrès alla visiter le mordu et lui demanda comment il se nommait, où il allait, pourquoi il voyageait si tard et si loin du grand chemin, après cependant s'être informé d'abord de sa santé et de l'état de ses morsures.

Le jeune homme répondit qu'il allait mieux, qu'il n'éprouvait aucune douleur, si bien qu'il pourrait tout de suite se remettre en route. Pour ce qui fut de dire son nom et où il allait, il ne répondit rien, sinon qu'il se nommait Alonzo Hurtado, qu'il allait à Notre-Dame de la Roche de France pour une certaine affaire et que s'il marchait de nuit c'était pour arriver plus tôt. La veille il avait perdu son chemin ; il avait donné par hasard dans le campement, et les chiens de garde l'avaient mis dans l'état où on l'avait trouvé.

Cette déclaration parut peu franche à Andrès, sinon très fausse. De nouveau les soupçons revinrent lui chatouiller l'âme, et il dit :

« Frère, si j'étais juge et que vous fussiez tombé sous ma juridiction pour quelque délit qui m'obligeât à vous faire les questions que je vous ai posées, la réponse que vous m'avez donnée exigerait qu'on serrât les cordes. Je ne veux pas savoir qui vous êtes, comment vous vous nommez, ni où vous allez ; mais je vous avertis que, s'il vous convient de mentir sur votre voyage, il vous faut mentir avec plus d'apparence de vérité. Vous dites que vous allez à la Roche de France, et vous la laissez à main droite, à plus de trente lieues en arrière de ce pays-ci. Vous voyagez de nuit pour arriver vite, et vous marchez loin de la grand'route dans des bois et des chênaies où se trouve à peine un sentier, encore moins un chemin. Mon ami, levez-vous, apprenez à mentir et allez en paix ; mais pour le bon avis que je vous donne, ne me direz-vous pas la vérité ? Que si, vous la direz, puisque vous savez si mal mentir. Dites-moi, seriez-vous par aventure celui que j'ai vu souvent à la Cour parmi des pages et des gentilhommes, et qui avait la réputation d'être grand poète, — celui qui a fait une ballade et un sonnet pour une gitanille, laquelle, ces jours derniers, courait Madrid et était tenue pour singulièrement belle ? Dites-le-moi : je vous promets par la foi de gitano gentilhomme d'en garder tout le secret aussi bien qu'il vous conviendra. Considérez que de nier cette vérité que vous n'êtes pas qui vous dites, il n'y a pas moyen. Ce visage que je vois est le même que j'ai vu à Madrid, sans aucun doute, car la grande réputation de votre esprit me fit souvent vous regarder comme un homme rare et insigne. Aussi votre figure m'est restée si bien marquée dans la mémoire, que je vous ai tout de suite reconnu à votre arrivée, bien que vous soyez maintenant dans un costume différent de celui où je vous voyais alors.

« Ne vous inquiétez pas, prenez courage et ne pensez pas que vous êtes dans un repaire de voleurs, mais plutôt dans un asile où l'on saura vous garder et vous défendre contre tout le monde. Écoutez, j'imagine une chose et, si c'est comme je l'imagine, vous avez rencontré votre bonne fortune en me rencontrant. J'imagine donc que, amoureux de Préciosa — la belle gitane à qui vous avez fait des vers — vous êtes venu à sa recherche, et je ne vous estime pas moins pour cela, mais plutôt davantage. Quoique gitano, l'expérience m'a montré jusqu'où s'étend la force invincible de l'amour et les transformations qu'il fait faire à ceux qu'il prend sous sa juridiction et son pouvoir. S'il en est ainsi, la gitane est ici.

— Oui, elle y est, car je la vis hier soir, — dit le mordu.

Sur ce propos, Andrès resta comme mort, persuadé qu'il avait enfin reçu confirmation de ses soupçons.

— Je l'ai vue hier soir, — poursuivit le jeune homme ; — mais je n'ai pas voulu lui dire qui j'étais parce que cela ne me convenait point.

— De sorte, — fit Andrès, — que vous êtes bien le poète que j'ai dit.

— Je le suis, — répliqua le jeune homme, — je ne puis ni ne veux le nier. Peut-être s'est-il fait qu'où j'ai cru me perdre, je sois venu me sauver, s'il y a de la bonne foi dans les forêts et de l'hospitalité dans les montagnes.

— Il y en a sans doute, — répondit Andrès, — et, entre nous gitanos, la plus grande discrétion du monde. Dans cette confiance, seigneur, découvrez-moi votre cœur, car vous ne trouverez dans le mien autre chose que vérité, sans duplicité aucune. La gitane est ma parente, et, de plus, contrainte à m'obéir dans tout ce que j'exige d'elle. Si vous la désirez pour épouse, moi et tous ses parents nous le goûterons fort et nous vous la donnerons volontiers. Si vous la désirez pour maîtresse, nous n'userons d'aucune grimace pourvu que vous fournissiez de l'argent, car la cupidité n'abandonne jamais nos campements.

— J'emporte de l'argent, — répondit le jeune homme, — et il est dans ces manches de chemises que je porte en ceinture autour du corps : quatre cents écus d'or. »

Ce fut un autre coup mortel que reçut Andrès, car pourquoi emporter tant d'argent, sinon pour conquérir ou acheter son bijou ; et d'une voix déjà troublée, il dit :

« C'est une bonne somme, vous n'avez qu'à vous découvrir et à mettre la main à l'œuvre. La petite fille qui n'est pas sotte verra bien comme il lui est avantageux d'être à vous.

— Ah ! mon ami, — s'écria sur ce propos le jeune homme, — je veux que vous appreniez la cause qui m'a fait changer de costume. Ce n'est pas *l'amour que vous dites*, ni le désir de Préciosa. Madrid contient assez de beautés qui peuvent et qui savent dérober les cœurs et réduire les âmes aussi bien que les plus belles gitanes, quoique je confesse que la beauté de votre parente a l'avantage sur toutes les beautés que j'ai vues. Cependant ce qui me met en ce déguisement, à pied et mordu par des chiens, ce n'est pas l'amour, mais ma mauvaise fortune. »

Avec les paroles du jeune homme, Andrès allait recouvrant ses esprits perdus, car il lui parut que ces paroles marchaient à un autre but que celui qu'il avait imaginé, et, désireux de sortir de confusion, il en revint à convaincre l'autre de la sécurité avec laquelle il pouvait se découvrir; aussi le jeune homme poursuivit-il :

« J'étais à Madrid dans la maison d'un titulaire que je servais, non comme un seigneur, mais comme un parent. Ce titulaire avait un fils, son unique héritier, lequel, à cause de la parenté et parce que nous avions le même âge et le même caractère, me traitait avec grande familiarité et amitié. Il advint que ce caballero s'énamoura d'une demoiselle de qualité. Il l'eût volontiers choisi pour être son épouse, s'il n'avait, en bon fils, soumis sa volonté à celle de son père, qui aspirait à le marier plus magnifiquement. Mais, cependant, il la servait à l'insu de tous ceux dont la langue aurait pu nuire à la réputation de sa bien-aimée. Seuls mes yeux étaient témoins de ses intentions. Une nuit que la mauvaise chance devait avoir choisie pour la chose que je vais vous dire, comme nous passions à deux dans la rue, devant la porte de cette senora, nous vîmes, appuyés à cette porte, deux hommes qui paraissaient de bonne mine. Mon parent voulut les reconnaître, mais, à peine avait-il marché vers eux, qu'ils mirent promptement la main à leur épée et à leur bouclier et se jetèrent sur nous qui fîmes de même. Nous nous rencontrâmes à armes égales. La querelle dura peu, parce que nos adversaires ne restèrent pas longtemps en vie. De deux coups d'estoc que guidèrent la jalousie de mon parent et l'aide que je lui donnai, ils périrent — cas étrange, et peu vu.

« Triomphants, mais autrement que nous n'aurions voulu, nous retournâmes à la maison et, prenant secrètement tout l'argent que nous pûmes, nous nous enfuîmes à San-Géromino, attendant le jour où se découvrirait l'événement, où s'établiraient les présomptions quant aux meurtriers. Nous sûmes que l'on n'avait aucun indice, et nous écoutâmes les prudents religieux qui nous engageaient à retourner à la maison pour ne pas éveiller de soupçon par notre absence. Nous étions tout déterminés à suivre leur avis, lorsque nous apprimes que les seigneurs alcades de la Cour avaient arrêté dans leur maison les parents de la demoiselle, et même la demoiselle. Parmi les serviteurs qu'on avait interrogés, une servante de la senora avait dit que mon parent faisait la cour à sa maîtresse, de nuit et de jour et, sur ce témoignage, on était accouru pour nous chercher. Ne nous trouvant pas, mais découvrant au contraire beaucoup de preuves de notre fuite, il se confirma par toute la Cour que nous étions les meurtriers de ces deux gentilshommes — car ils étaient gentilshommes et d'un haut rang.— Enfin, suivant l'avis du comte, mon parent, et celui des religieux, après quinze jours que nous fûmes cachés dans le monastère, mon camarade en habit de moine s'enfuit, par la route d'Aragon, avec un autre moine dans l'intention de passer en Italie, et de là en Flandre, pour y attendre le résultat de l'affaire.

« Je voulus diviser les chances afin que nos sorts ne courussent pas les mêmes risques. Je suivis un chemin différent du sien. Je partis à pied en habit de novice avec un religieux qui me laissa à Talavera. De là je suis venu seul jusqu'ici, fuyant le grand chemin. La nuit d'hier, j'arrivai dans cette chênaie où il m'est advenu ce que vous avez vu. Si j'ai demandé le chemin de la Roche de France, c'était pour répondre quelque chose à ce que vous me demandiez, car, en vérité, je ne sais rien de la Roche de France, si ce n'est qu'elle se trouve bien au delà de Salamanque.

— C'est vrai, — répondit Andrès, — et vous la laissez à main droite à près de vingt lieues d'ici. Voyez comme vous suiviez le chemin direct.

— Le chemin que je pensais suivre, — répliqua le jeune homme, — n'est autre que celui de Séville où je vais chercher un gentilhomme gênois, grand ami du comte mon parent, qui souvent envoie à Gênes de grandes quantités d'argent brut, et j'ai dessein qu'il m'emploie avec les hommes qu'il a coutume d'employer comme si j'étais l'un d'entre eux. A l'aide de ce stratagème, je pourrai sûrement passer à Carthagène et, de là, gagner l'Italie; car deux galères doivent venir bientôt embarquer de l'argent. C'est là, mon bon ami, mon histoire; voyez si je ne puis dire qu'elle est plutôt sortie de pure infortune, que d'amour à l'eau. Mais si ces seigneurs les gitanos voulaient me mener en leur compagnie jusqu'à Séville s'ils y vont, je les en payerais très bien. Car vous me donnez à entendre que j'irai plus sûrement en leur compagnie, sans la crainte que j'emporte partout avec moi

— Oui, ils vous conduiront, — répondit

Andrès, — et si ce n'est notre bande — car jusqu'à présent je ne sais si elle va en Andalousie, — ce sera une autre que nous rencontrerons peut-être dans deux ou trois jours. Et, en leur donnant un peu de ce que vous emportez, vous en tirerez aisément des choses plus difficiles. »

Et le laissant, Andrès alla rapporter à tous les gitanos ce que le jeune homme avait raconté et ce qu'il désirait, ainsi que l'offre faite par lui d'un bon payement en récompense. Tous furent d'accord qu'il restât dans la bande ; seule Préciosa dit le contraire, et l'aïeule expliqua qu'elle ne pouvait aller à Séville ni dans les environs, parce que l'année d'avant elle avait, à Séville, joué un tour à un bonnetier très connu, nommé Triguillos. Elle l'avait fait se mettre jusqu'au cou en une grande cuve d'eau, tout nu, avec, sur la tête, une couronne de cyprès, attendant l'heure de minuit pour sortir de la cuve, creuser le sol et découvrir un grand trésor qu'elle lui avait fait accroire être enfoui en un endroit de sa maison :

« Dès que le bon bonnetier entendit sonner matines, pour ne pas perdre la conjoncture il se pressa tant de sortir de la cuve, qu'elle se renversa avec lui sur le sol et qu'il se meurtrit et s'écorcha ; puis, dans l'eau répandue, il resta nager, criant qu'il se noyait. A l'instant accoururent sa femme et ses voisins avec des lumières. Ils le trouvèrent faisant tous les gestes d'un nageur, soufflant et se trainant le ventre à terre, se démenant des bras et des jambes avec beaucoup de précipitation, criant à toute voix : « Au secours, seigneurs, je me noie. » La peur le tenait si bien que vraiment il pensait se noyer. On le saisit, on le sauva du péril. Il revint à lui, conta la farce de la bohémienne, et, tout de même, creusa dans la partie désignée plus d'une toise en profondeur, en dépit de tout le monde qui assurait que c'était un mauvais tour. S'il ne s'était pas trouvé là pour l'empêcher un voisin de la maison duquel il attaquait déjà les fondements, il aurait creusé aussi longtemps qu'il aurait pu. L'histoire fut connue par toute la ville et, jusqu'aux petits enfants, tous montraient l'homme du doigt, rappelant sa crédulité et mon mauvais tour. »

Voilà l'histoire que raconta la vieille gitane pour s'excuser de ne pas aller à Séville. Les gitanos, qui savaient par Andrès Caballero que le jeune homme emportait de l'argent en quantité, l'accueillirent facilement dans leur compagnie et lui offrirent de le garder et de le couvrir le temps qu'il voudrait. Ils décidèrent de tourner leur marche à main gauche, d'entrer dans la Manche et dans le royaume de Murcie. Ils dirent au jeune homme tout ce qu'ils pensaient faire pour lui. Il leur rendit grâce et donna cent écus d'or à répartir. A l'aide de ce présent ils devinrent plus souples que des fourrures de martres.

Seule Préciosa ne fut pas très contente du séjour de don Sancho, — c'est ainsi que le jeune homme disait se nommer —, mais les gitanos changèrent ce nom en celui de Clément. Andrès, lui non plus, ne fut pas bien satisfait de voir rester Clément, et il s'accusait d'avoir abandonné son premier dessein avec assez peu de raison. Mais Clément, comme s'il eût lu dans sa pensée, lui dit entre autres choses qu'il se réjouissait d'aller dans le royaume de

Murcie pour être plus près de Carthagène, d'où, s'il venait des galères, comme il l'espérait, il pourrait avec facilité passer en Italie.

Enfin pour le tenir mieux sous ses yeux, surveiller ses actions et scruter ses pensées, Andrès voulut que Clément devînt son camarade, et Clément prit cette amitiè pour une grande faveur.

Ils marchaient toujours ensemble, dépensaient largement, faisaient pleuvoir les écus, couraient, sautaient, dansaient et jetaient la barre mieux que n'importe quel gitano. Ils étaient aimés des gitanes plus que moyennement, et respectés des gitanos à l'extrême.

Quittant bientôt l'Estramadure, ils entrèrent dans la Manche, et peu à peu ils furent au chemin du royaume de Murcie. Dans tous les bourgs et les villages où ils passaient, ils eurent des défis au jeu de paume, à l'escrime, à la course, au saut, au jet de la barre et aux autres exercices de force, d'adresse ou d'agilité et, de tous, Andrès et Clément sortaient vainqueurs, comme jadis Andrès seul.

En tout ce temps, qui fut de plus d'un

mois et demi, Clément ne trouva et ne chercha jamais l'occasion de parler à Préciosa. Mais un jour, Andrès et elle causant ensemble, il entra dans la conversation parce qu'ils l'en prièrent, et Préciosa lui dit :

« Dès le premier moment de ton arrivée dans notre tribu, je t'ai reconnu, Clément, et les vers que tu m'as donnés à Madrid me sont revenus en mémoire. Je n'ai rien voulu dire, parce que je ne savais pas dans quelle intention tu venais à notre campement, et quand je le sus, ton infortune me chagrina dans l'âme, et mon cœur qui s'était alarmé se calma. Et j'ai pensé que puisqu'il y avait en ce monde des don Juan déguisés en Andrès, il pouvait y avoir aussi des don Sancho qui se déguisaient en d'autres personnages. J'en parle, parce qu'Andrès m'a dit qu'il t'avait confié qui il était et dans quel but il s'est fait gitano, — c'était la vérité, Andrès lui avait fait connaître son histoire pour pouvoir lui communiquer toutes ses pensées. — Ne pense pas qu'il te fut de peu de profit d'être reconnu par moi, car, par respect pour moi et pour ce que j'ai dit de toi, on t'accueillit facilement et on t'admit dans notre compagnie, où il plaise à Dieu qu'il t'advienne tout le bien que tu désires. Ce bon souhait je veux que tu me le paies en ne reprochant pas à Andrès la bassesse de son but, en ne lui peignant pas combien il fait mal de persévérer dans sa résolution. Encore que j'imagine que sa volonté est sous le cadenas de la mienne, toutefois il m'affligerait de le voir donner des marques, si minimes fussent-elles, de repentir.

A quoi Clément répondit :

— Ne crois pas, Préciosa unique, que don Juan se découvrit par légèreté d'âme ; je le reconnus d'abord, et d'abord son but m'apparut. Je lui dis qui il était, et je devinai l'emprisonnement de sa volonté que tu signales. Et lui, me donnant le crédit qu'il était juste de me donner, me confia son secret. Il est témoin que j'ai approuvé sa résolution et le but qu'il a choisi. Je ne suis pas, ô Préciosa, de si courte intelligence que je ne sache jusqu'où s'étendent les forces de la beauté ; et la tienne, en dépassant les limites les plus extrêmes de la grâce, est une excuse pour de plus grandes erreurs, si l'on doit nommer erreurs celles qui se font pour de si puissantes causes. Je te sais grâce pour ce que tu as dit en ma faveur, et je pense le payer par le désir que cette intrigue amoureuse donne une heureuse fin, et que tu jouisses de ton Andrès et Andrès de sa Préciosa, d'accord avec ses parents, afin que, de tant de beautés jointes, ils viennent au monde les plus beaux rejetons que puisse former la bienveillante nature. C'est ce que je désire, Préciosa, c'est ce que je dirai toujours à ton Andrès, et rien d'autre qui le dissuade de ses sentiments bien placés. »

Clément dit ces choses avec tant d'ardeur, que le doute vint à Andrès s'il les avait dites en amoureux ou en comédien ; car l'infernale infirmité de la jalousie est si sensible et faite de telle sorte, qu'elle s'insinue avec les atomes de la lumière, et qu'il suffit qu'un de ces atomes touche à l'objet aimé, pour que l'amant se chagrine et se désespère.

La jalousie d'Andrès ne fut pas confirmée. D'ailleurs, il se confia plus à la bonté de Préciosa qu'à sa propre fortune.

Mais toujours les amants se tiennent pour malheureux tant qu'ils n'obtiennent pas ce qu'ils désirent.

Enfin Andrès et Clément furent camarades et même grands amis, surtout par la bonne volonté de Clément, et par la réserve, la prudence de Préciosa qui jamais ne donnait occasion à Andrès de se montrer jaloux.

Clément s'y connaissait en poésie, comme il l'avait montré dans les vers qu'il donna à Préciosa, Andrès se piquait de la connaître un peu, et tous deux aimaient la musique. Or, il arriva que le campement se trouvant en une vallée, à quatre lieues de Murcie, une nuit, assis tous deux, Andrés au pied d'un liége et Clément au pied d'un chêne, chacun avec une guitare, conviant le silence de la nuit, Andrès commençant et Clément répondant, ils chantèrent ces vers :

ANDRÈS

Regarde, Clément, le voile étoilé
Qui fait que la froide nuit
Lutte avec le jour,

De belles lumières ornant le ciel ;
Et, cette comparaison,
Ton divin esprit comprend-il
A quel visage elle s'applique
Où réside la suprême beauté.

CLÉMENT

Où réside la suprême beauté,
Et où la précieuse,
La belle honnêteté
Avec toute la suprême bonté se purifie,
Contenues dans un seul objet,
Que nulle intelligence humaine ne peut louer
A moins de toucher au divin,
Au haut, rare, grave et sublime.

ANDRÈS

Haut, rare, grave, sublime,
N'est pas le style qui convient ;
Au ciel je l'élève
Pour douce au monde et sans égale.
Ton nom, oh ! gitanille.
Cause la surprise, l'étonnement, l'émerveille-
Je choisis la renommée. [*ment*
Qui l'élèvera jusqu'à la huitième sphère.

CLÉMENT

Qui l'élèvera jusqu'à la huitième sphère
Est décent et juste.
Et le ciel sera dans la joie
Lorsqu'il entendra le bruit de son nom ;
Et sur la terre il y aura,
Quand le doux nom y résonnera,
De la musique dans les oreilles,
De la paix dans les cœurs, de la gloire dans [les sens.

ANDRÈS

La paix dans les cœurs, la gloire dans les sens
Se sentent quand chante
La sirène qui charme
Et endort les mieux avertis ;
Oui, telle est ma Préciosa
Que la moindre chose d'elle est belle.
Mon doux régal,
La couronne de la grâce, l'honneur de la vertu !

CLÉMENT

La couronne de la grâce, l'honneur de la vertu !
Tu es, belle gitane :

Fraîcheur du matin,
Tendre zéphir dans l'ardent été.
Rayon avec lequel l'amour aveugle
Fait fondre le cœur plus que la neige au feu.
Force qui ainsi soit faite
Que doucement elle apaise et assouvisse.

Il ne paraissait pas qu'ils eussent achevé de sitôt leur duo, si n'avait retenti derrière leurs épaules la voix de Préciosa qui avait tout entendu. Tendant les oreilles, sans plus bouger, prêtant une merveilleuse attention, ils écoutèrent. Elle, — je ne sais si elle improvisa ou si les vers avaient été composés en un autre temps — avec une grâce extrême, comme si elle fut venue pour répondre, chanta ce qui suit :

En cette entreprise amoureuse,
Que l'amour soutient,
Pour trouver meilleure fortune
Je serai aussi honnête que belle.
Celle qui n'est qu'une humble plante,
Si elle se redresse subitement,
Par ta grâce, ô nature,

Au ciel s'élève.
Au vil cuivre que je suis
L'honnêteté donne son éclat,
Je n'ai nul désir qui ne soit satisfait,
Nulle richesse qui ne m'appartienne,
Nul ne me cause de chagrin,
Ni ne me chérit, ni ne m'estime :
Aussi je pense à édifier
Mon propre sort et bonne fortune.
Je veux que ce qui est en moi
Soit pour que je me conduise bien,
Et je veux que le ciel détermine
Ce que je choisirai ensuite.
Je veux voir si la beauté
Tient de telles prérogatives
Qu'elle m'élève assez haut
Pour aspirer à une grande altesse.
Si les âmes sont égales,
Il se peut que celle d'un laboureur
Soit égale en valeur
A des âmes impériales.
De la mienne ce que je sens
Me transporte à un rang élevé :
Pourquoi majesté et amour
N'auraient-ils pas un même trône ?

Ici Préciosa finit de chanter et Andrès

avec Clément se levèrent pour lui faire accueil. Puis ils restèrent à causer discrètement à trois. Préciosa leur découvrit dans cet entretien sa délicatesse, son honnêteté et sa pénétration, de telle manière que Clément comprit et excusa la conduite d'Andrès; car jusque-là il ne l'avait pas approuvée, jugeant que c'était plutôt ardeur de jeunesse que courageuse et sage résolution.

Le lendemain matin on leva le camp et l'on fut se loger en un village de la juridiction de Murcie, à trois lieues de la ville, où il arriva à Andrès une mésaventure qui le mit sur le point de perdre la vie. Après que les Bohémiens eurent donné quelques vases et bijoux d'argent en gage, comme de coutume, Préciosa, son aïeule, Cristina, d'autres gitanilles, et Clément avec Andrès furent logés dans l'auberge d'une veuve riche, qui avait une fille âgée de dix-sept à dix-huit ans, plus délurée que belle et qui — pour mieux la désigner — se nommait Juana Carducha. Ayant vu danser les gitanes et les gitanos, le diable la posséda, et elle s'éprit d'Andrès avec tant de ferveur qu'elle se proposa de le lui dire et de le prendre pour mari s'il le voulait bien, quand même cela devrait déplaire à tous ses parents. Elle chercha donc une occasion de lui parler et la trouva dans une cour où Andrès était venu pour prendre soin de deux ânes. Allant à lui, en hâte, pour ne pas être vue, elle lui dit :

« Andrès — car déjà elle savait son nom, — je suis demoiselle et riche. Ma mère n'a pas d'autre enfant que moi ; cette auberge est à elle, et, avec cela, elle possède encore beaucoup de vignobles et deux autres paires de maison. Tu m'as paru bien ; si tu me veux pour épouse, je suis à toi, réponds-moi. Si tu es habile, tu resteras et tu verras quelle vie nous mènerons. »

Andrès resta fort surpris de la résolution de la Carducha, et avec la promptitude qu'elle réclamait, il répondit :

« Senorita, je suis déjà engagé pour le mariage, et les gitanos ne se marient qu'avec des gitanes. Dieu vous garde pour la grâce que me voulez faire, et dont je ne suis pas digne. »

La Carducha fut à deux doigts de tomber morte à la dure réponse d'Andrès. Elle aurait répliqué, si elle n'avait vu entrer dans la cour d'autres gitanes. Elle partit, confuse et fâchée, avec grande envie de se venger si elle le pouvait. Andrès, en homme habile, résolut de quitter l'endroit immédiatement et de se détourner de l'occasion que le diable lui offrait ; car il avait bien lu dans les yeux de la Carducha que, sans liens conjugaux, elle se fût soumise à toutes ses volontés, et il ne voulait pas se trouver pied à pied et seul dans un pareil combat. Il ordonna donc à tous les gitanos que cette même nuit ils quittassent le village. Eux, qui lui obéissaient toujours, se mirent à l'œuvre tant qu'ils purent et, reprenant leurs gages, cette même après-dînée ils s'en allèrent.

La Carducha sentit qu'en partant Andrès emportait la moitié de son âme, et qu'il ne lui restait plus assez de temps pour obtenir l'accomplissement de ses désirs. Elle s'arrangea pour faire rester Andrès de force, puisqu'elle ne le pouvait de gré. Ainsi, avec l'adresse, la sagacité et le secret que ses mauvaises intentions lui conseillèrent, elle plaça parmi les effets d'Andrès un riche corail et deux patènes d'argent avec quelques autres de ses orne-

ments de tête. A peine les gitanos eurent-ils quitté l'auberge, elle se mit à crier, disant qu'ils lui avaient dérobé ses joyaux. A sa voix accourut la justice et avec elle tous les gens du pays.

Les gitanos firent halte, et tous juraient qu'ils n'avaient rien volé, qu'ils allaient ouvrir les sacs et les provisions du campement. La vieille gitane s'en chagrina beaucoup, craignant que dans cette investigation on ne découvrît les bijoux de Préciosa et les vêtements d'Andrès qu'elle gardait avec grand soin ; mais la bonne *Carducha y remédia vite, car, au second* paquet qu'on examinait, elle dit de demander les effets appartenant à un gitano, grand danseur, qu'elle avait vu entrer deux fois dans son logement : il pourrait se faire que ce fût lui qui avait enlevé les bijoux. Andrès, voyant qu'elle parlait de lui, se mit à rire :

« Senora — dit-il, — voici ma garde-robe et voici mon âne ; si vous y trouvez ce qui vous manque, je vous le paierai avec les intérêts. Et, en outre, je me soumets au châtiment que la loi inflige aux voleurs. »

Accourant bien vite, les agents de la justice dévalisèrent l'âne, et, en peu de fouilles, découvrirent le vol. Andrès en resta tellement stupéfait et absorbé, qu'il semblait une statue en pierre et sans voix.

« N'ai-je pas bien soupçonné ? — dit alors la Carducha, — voyez comme un si grand larron se cache sous une bonne mine. »

L'alcade, qui était présent, commença à dire mille injures à Andrès et à tous les gitanos, les appelant voleurs publics, et brigands de grands chemins.

Andrès resta muet, pensif et ahuri, incapable de songer à la traîtrise de la Carducha. Alors s'avança vers lui un soldat bravache, neveu de l'alcade :

« Ne voyez-vous pas, — dit-il — ce qu'attend ce petit gitano pourri de vol ? Je parie qu'il va faire des simagrées, et qu'il niera le vol qu'on a découvert dans ses mains. Je ne comprends pas pourquoi on ne les expédie pas tous aux galères. Voyez s'il ne serait pas mieux d'y envoyer ce bellâtre pour servir Sa Majesté, plutôt que de le laisser aller dansant de village en village et volant de plaine en montagne. Foi de soldat, je suis pour lui administrer une gifle qui le renverse à mes pieds. »

Et, disant ceci, sans plus, et levant la main, il lui donna une gifle telle qu'il le fit sortir de sa stupeur, et se rappeler qu'il n'était pas Andrès Caballero, mais don Juan et gentilhomme. Il se jeta sur le soldat avec colère et promptitude, lui tira sa propre épée du fourreau, la lui enfonça dans le corps et le jeta mort sur le sol.

Alors, clameur dans la foule et fureur de l'oncle alcade; Préciosa s'évanouit et Andrès fut troublé de la voir pâlir. Tous coururent aux armes et donnèrent sur le meurtrier. La confusion s'accrut, la clameur s'accrut et, pour secourir Préciosa dans sa défaillance, Andrès négligea de se défendre à temps. Le sort voulut que Clément n'assistât pas au désastre, car, emportant ses bagages, il était déjà parti de l'endroit. Enfin, tant de gens chargèrent Andrès qu'ils le prirent et le garrottèrent avec deux très lourdes chaînes.

L'alcade aurait bien voulu l'étrangler tout de suite, s'il avait été en sa main; mais il devait le remettre à Murcie, car il relevait de la juridiction de cette ville.

Il ne le transporta pas avant le lendemain, et, durant le jour qu'il passa là, Andrès dut subir bien des tortures et des outrages que l'alcade indigné, ses agents, et tous les villageois lui firent.

L'alcade arrêta tous les gitanos et gitanes qu'il put, mais la plupart s'enfuirent et parmi eux Clément qui craignait d'être pris et découvert. Enfin, avec le résumé de la cause, avec un grand défilé de gitanos, l'alcade et ses agents entrèrent à Murcie. Au milieu se trouvaient Préciosa et le pauvre Andrès couvert de chaînes, monté sur un mulet et avec un carcan et des fers aux pieds.

Tout Murcie sortit pour voir les prisonniers, car on savait déjà le meurtre du soldat. Mais la beauté de Préciosa en ce jour fut si grande que nul ne la voyait sans la bénir. La nouvelle de ses charmes vint aux oreilles de la femme du corrégidor qui, pour la voir, obtint que son mari ne ferait pas entrer la petite gitane dans la prison, avec les autres. Pour Andrès, on le mit en un étroit cabanon, dont l'obscurité, et la privation de cette lumière qu'était Préciosa, le frappèrent de telle sorte qu'il pensa bien ne plus sortir de là que pour le sépulcre.

On avait transporté Préciosa et son aïeule chez la corrégidore, et dès que celle-ci vit la gitane elle s'écria :

« Avec raison on proclame sa beauté ! »

Et s'approchant, elle l'embrassa tendrement, ne se rassasiant pas de la regarder. Elle demanda à son aïeule quel âge avait la fillette.

« Quinze ans, — répondit la gitane, — deux mois de plus ou de moins...

— C'est l'âge qu'aurait ma pauvre Constance. Hélas ! mes amies, cette fillette m'a rappelé mes infortunes, » s'écria la corrégidore.

Préciosa prit dans les siennes les mains de la corrégidore, et, les baisant à plusieurs reprises, elle les baigna de ses larmes, disant :

« Madame, le gitano qui est en prison n'est pas coupable, car il fut provoqué. Il fut appelé voleur et il ne l'est pas. Il a reçu un soufflet sur son visage, où se découvre la bonté de son âme. Par Dieu et par ce que vous êtes, madame, faites qu'on lui fasse droit et que le seigneur corrégidor ne se presse pas d'exécuter sur lui le châtiment dont les lois le menacent. Si ma beauté vous a donné quelque plaisir, sauvez-la en sauvant le prisonnier, car la fin de sa vie sera la fin de la mienne. Il doit devenir mon époux, et d'honnêtes et justes obstacles nous ont empêchés jusqu'à présent de nous donner les mains. Si de l'argent est exigé pour obtenir le pardon de la partie adverse, tout notre campement se vendra aux enchères publiques, et l'on donnera plus même qu'on n'exigera. Madame, si vous savez ce que c'est que l'amour, si vous en avez éprouvé, si vous en avez encore pour votre époux, ayez pitié de moi, qui aime tendrement et honnêtement le mien. »

Tout le temps qu'elle disait cela, Préciosa ne laissait pas les mains de la corrégidore et ne cessait de la regarder fervemment, versant en abondance d'amères et pitoyables larmes.

La corrégidore la tenait de même, serrée contre elle, ne la regardant pas avec moins d'attendrissement et ne versant pas moins de larmes.

Elles étaient ainsi quand le corrégidor

entra, et, trouvant sa femme et Préciosa tant affligées et si étroitement serrées l'une contre l'autre, il resta ébahi autant des pleurs que de la beauté de la gitane. Il demanda la cause de cette tristesse, et, pour réponse, Préciosa abandonna les mains de la dame et se jeta aux pieds du corrégidor, disant :

« Senor, miséricorde ! Si mon époux meurt, je suis morte. Il n'est pas coupable ; mais, s'il l'est, qu'on m'applique à moi la peine. Et si cela ne peut être, au moins qu'on retarde la cause, tant qu'on se soit procuré ou qu'on ait découvert les moyens de lui assurer la liberté. Peut-être qu'à celui qui n'a pas péché par méchanceté, le ciel enverra le salut par grâce. »

Avec une nouvelle surprise le corrégidor écouta les adroits arguments de la gitanille ; et si ce n'avait été sa crainte de donner des marques de faiblesse, il aurait pleuré comme elle.

Pendant que ceci se passait, la vieille gitane examinait avec soin autour d'elle beaucoup de choses, et au bout de ses étonnements et réflexions, elle dit :

« Ayez la grâce de m'attendre un moment, mes seigneurs, je ferai que les larmes se convertissent en rire, quand il devrait m'en coûter la vie. »

Et d'un pas léger elle sortit de la chambre, laissant les autres tout troublés de ce qu'elle avait dit. Mais en attendant qu'elle revint, Préciosa ne cessa de pleurer ni de supplier pour qu'on remit la cause de son époux, avec l'intention d'aviser le père d'Andrés afin qu'il accourût au procès.

La gitane revint avec un petit paquet sous le bras, et elle dit au corrégidor d'entrer avec elle et avec sa femme dans une chambre voisine parce qu'elle avait de grandes choses à leur dire en secret. Le corrégidor, croyant qu'elle voulait lui dénoncer quelques vols des gitanos pour se le rendre propice dans le procès du prisonnier, se retira tout de suite avec elle et sa femme dans son cabinet. La gitane, se précipitant à genoux devant eux, leur dit :

« Si les bonnes nouvelles que je veux vous donner, seigneur, ne méritent pas en étrennes le pardon d'un grand péché que j'ai commis, je suis prête à recevoir ici le châtiment que vous voudrez m'infliger. Mais avant que je vous confesse la chose, je veux que vous me disiez d'abord, seigneurs, si vous connaissez ces joyaux. »

Et elle montra le coffret où se trouvaient les bijoux de Préciosa. Elle le remit entre les mains du corrégidor, qui, l'ouvrant, y vit des bijoux d'enfant, mais ne comprit pas ce que cela pouvait signifier. La corrégidore les regarda également, mais ne comprit pas davantage le calcul de la gitane ; elle dit seulement ;

« Ce sont les parures de quelque petit enfant.

— C'est vrai, — fit la gitane, — et il est dit de quel enfant dans ce papier. »

Ouvrant en hâte le papier, le corrégidor y lut :

» La petite fille s'appelait Dona Cons-
» tance de Acevedo et de Meneses, sa mère
» Dona Constance de Meneses, et son
» père D. Fernando de Acevedo, chevalier
» de l'ordre de Calatreva. Je l'enlevai le
» jour de l'Ascension de notre Seigneur,
» vers huit heures du matin, l'année mil
» cinq cent quatre-vingt-quinze. La fillette

» portait les petites parures qui sont con-
» servées dans ce coffret. »

A peine la corrégidore eut-elle entendu la lecture du papier, que, reconnaissant les bijoux, elle les porta à sa bouche, leur donna une infinité de baisers et tomba en défaillance. Le corrégidor courut à elle avant d'interroger la gitane sur sa fille, et la dame revint à la vie, s'écriant :

« Excellente femme, ange plutôt que gitane, où est la propriétaire.., je veux dire l'enfant à qui sont ces bijoux ?

— Où ? senora, — répondit la gitane, — vous l'avez dans votre maison, c'est la Jitanilla qui vous a tiré les larmes des yeux. Elle est sans aucun doute votre fille, je l'ai volée dans votre maison, à Madrid, au moment que ce papier indique. »

Entendant cela, la senora toute troublée, perdant ses pantoufles, courut, vola à la salle où elle avait laissé Préciosa, qu'elle trouva, entourée de ses femmes et servantes, et ne cessant de gémir. Elle arriva sur la jeune fille, sans rien dire, lui dénuda la proitrine en grande hâte, et regarda si elle avait sous le sein gauche un petit signe, une sorte de tache blanche avec laquelle elle était née. Elle la trouva, mais plus grande, car elle s'était élargie avec le temps. Puis, elle la déchaussa avec la même célérité, et découvrit un pied de neige et de marbre, fait au tour, où elle vit ce qu'elle cherchait, c'est-à-dire les deux derniers orteils du pied droit attachés l'un à l'autre par le moyen d'un peu de chair qu'on n'avait jamais voulu couper à l'enfant pour ne pas lui faire de mal.

Les bijoux, les orteils, le sein, le jour du vol bien indiqué, la confession de la gitane, et l'émotion, le plaisir qu'avaient éprouvés ses parents en la voyant, tout cela confirma dans l'âme de la corrégidore que Préciosa était son enfant. Alors, saisissant dans ses bras la jeune fille, elle retourna avec elle dans la pièce où se trouvait le corrégidor et la gitane.

Préciosa était bien confuse, car elle ne savait pourquoi on avait fait sur elle toutes ces recherches, ni surtout pourquoi elle était emportée dans les bras de la corrégidore qui lui donnait d'un baiser jusqu'à cent. Dona Guiomar arriva enfin en présence de son mari avec sa précieuse charge, et la faisant passer de ses bras dans ceux du corrégidor, elle dit :

« Recevez, seigneur, votre fille Constance que voici. Je ne puis douter, seigneur, en aucune manière, car j'ai vu les deux orteils joints et le signe de la poitrine ; mais ce qui me le dit encore davantage, c'est qu'elle m'est entrée à l'âme dès l'instant que je l'ai vue.

— *Je n'en doute pas,* — *répondit le corrégidor,* tenant dans ses bras Préciosa, — car le même effet s'est produit pour moi que pour vous ; et comment tant de particularités pourraient-elles se produire ensemble si ce n'est par miracle ? »

Tous les gens de la maison s'agitaient, fort préoccupés, se demandant les uns aux autres ce qui se passait ; et tous devaient être loin du but, car, qui se serait imaginé que la petite gitane était la fille du grand seigneur ?

Le corrégidor dit à sa femme, à sa fille et à la vieille gitane de garder le secret jusqu'à ce qu'il décidât de le découvrir. Il dit aussi à la vieille qu'il lui pardonnait le tort qu'elle lui avait fait en lui volant la moitié de son âme, parce que la compensation d'avoir rendu l'enfant méritait de meilleures étrennes. Il était seulement attristé que, sachant la qualité de Préciosa, elle l'avait unie à un gitano, et, pis, à un voleur et un assassin.

« Hélas, monseigneur, — dit Préciosa — il n'est ni gitano, ni bandit. S'il fut meurtrier, ce fut d'un homme qui lui enleva l'honneur; et il ne pouvait faire moins en cette circonstance que de montrer qui il était et de tuer son insulteur.

— Comment il n'est pas gitano, ma fille? » dit don Guiomar.

Alors la vieille gitane conta brièvement l'histoire d'Andrès Caballero; qu'il était fils de don Francisco de Carcamo, chevalier de l'ordre de Santiago, qu'il se nommait Don Juan de Carcamo, chevalier du même ordre, et qu'elle gardait ses vêtements depuis qu'il les avait échangés pour ceux des gitanos. Elle dit aussi la convention établie entre Préciosa et don Juan, le vœu d'attendre deux années avant de décider s'ils se marieraient ou non. Elle mit en regard l'honnêteté de tous les deux, et la belle naissance de don Juan.

Les parents admirèrent autant ceci que

la découverte de leur fille. Le corrégidor ordonna à la gitane d'aller chercher les vêtements d'Andrès. Elle le fit et revint avec un gitano qui portait les vêtements. Dans le temps qu'elle mit à aller et venir, les parents firent à Préciosa cent mille questions, auxquelles elle répondit avec tant d'esprit et de grâce, que, même s'ils ne l'avaient reconnue pour leur fille, ils l'auraient adorée. Ils lui demandèrent si elle portait quelque affection à don Juan; elle répondit qu'elle ne l'aimait que par l'obligation d'être agréable à quelqu'un qui avait voulu s'humilier jusqu'à se faire gitano pour elle; mais qu'elle ne pousserait pas la gratitude plus loin que ses parents ne le désireraient.

« Tais-toi, ma fille Préciosa, — dit le père, — car je veux te conserver ce nom de Préciosa en souvenir de ta perte et de ta rencontre; — comme père, je prends à ma charge le soin de t'établir de façon que tu ne déroges pas. »

Entendant cela, Préciosa soupira, et sa mère qui comprit adroitement qu'elle soupirait d'amour pour don Juan, dit à son mari :

« Seigneur, puisque don Juan est de si noble condition, et qu'il aime tant notre fille, il ne sera pas mal de la lui donner pour épouse.

— A peine l'avons-nous retrouvée et déjà vous voudriez que nous la perdions. Jouissons d'elle quelque temps, car, une fois mariée, elle ne sera plus à nous, mais à son mari.

— Vous avez raison, seigneur, — répondit-elle ; — mais donnez au moins l'ordre de chercher don Juan, qui doit être dans quelque cachot fétide, éprouvant toutes les vexations qui se peuvent trouver dans les fers, l'humidité, les vers immondes, qui tourmentent les pauvres patients, attendant tous les jours d'être jugés et de se voir délivrés de tant d'oppression et d'un si mauvais logement.

— Oui, — dit Préciosa, — car il est pour eux un voleur et un assassin et surtout un gitano, et ils ne lui donneront pas meilleur gite.

— Je veux aller, — répondit le corrégidor, — comme pour lui faire subir l'interrogatoire, et je vous recommande de nouveau, senora, que rien ne soit dit de cette histoire avant que je le décide. »

Puis il embrassa Préciosa, s'en fut rapidement à la prison, et entra dans le cachot où se trouvait don Juan. Il ne voulut pas que personne entrât avec lui. Il trouva Andrès avec les deux pieds dans un cep et les menottes aux mains : même on ne lui avait pas enlevé les fers. Le cachot était obscur, mais le corrégidor ouvrit en haut un soupirail, par où entra de la lumière, encore que très faible. Puis, dès qu'il vit Andrès, il s'écria :

« Comment va la bonne pièce? Je voudrais avoir ici, enchaînés, tous les gitanos qui se trouvent en Espagne pour en finir avec eux en un jour, comme Néron fit avec Rome, sans donner plus d'un coup. Sachez, larron pointilleux, que je suis le corrégidor de cette ville, et je viens pour savoir, de vous à moi, si c'est vrai qu'une des gitanes venues avec vous est votre épouse. »

Entendant cela, Andrès s'imagina que le corrégidor était tombé amoureux de Préciosa, car les jalousies sont des corps subtiles qui s'introduisent dans les autres corps sans les briser, les séparer, ni les diviser; mais, pourtant il répondit : « Si elle a dit que je suis son époux, c'est une grande vérité, si elle a dit que je ne le suis pas, elle a encore dit vrai, car il est impossible que Préciosa dise un mensonge.

— Est-elle si véridique? — demanda le corrégidor, — ce n'est pas peu quand on est bohémienne. Alors c'est bien, jeune homme; elle a dit que vous étiez son époux, mais que jamais elle ne vous a donné sa main. Ayant appris que tel est votre crime qu'il vous faudra mourir pour l'expier, elle m'a supplié de vous marier avec elle avant votre mort, car elle veut se faire honneur de rester veuve d'un si grand larron que vous.

— Que votre bonté fasse donc, seigneur corrégidor, comme Préciosa a supplié qu'on fit, car si vous me mariez avec elle, je m'en irai content dans l'autre vie, partant de celle-ci avec le nom d'être son époux.

— Vous devez la chérir beaucoup, — dit le corrégidor.

— Tant, — répondit le *prisonnier*, — que ce que je pourrais en dire ne serait rien. Enfin, seigneur corrégidor, ma cause est jugée : j'ai tué celui qui a voulu m'enlever l'honneur; j'adore cette gitane et je mourrai content si je meurs en sa grâce. La grâce de Dieu ne nous manquera pas, car tous deux nous avons gardé honnêtement et ponctuellement ce que nous nous étions promis.

— Donc, cette nuit, j'enverrai des gens pour vous prendre, — dit le corrégidor; — je vous marierai dans ma maison avec Préciosa; et demain, à midi, vous serez au gibet. Comme cela, j'aurai accompli ce qu'exige la loi, et aussi vos désirs à tous deux. »

Andrès remercia. Le corrégidor retourna à sa demeure et rendit compte à sa femme de ce qui s'était passé avec don Juan et des autres choses qu'il pensait faire. Dans le temps qu'il était resté absent de sa maison, Préciosa avait raconté à sa mère tous les événements de sa vie; comment elle avait toujours cru être une gitane, petite-fille de la vieille bohémienne, mais que toujours aussi elle s'était respectée beaucoup plus qu'on n'aurait pu l'attendre d'une gitanille.

Sa mère lui demanda de dire en vérité si elle aimait bien don Juan de Carcamo. Elle, avec pudeur, et les yeux baissés vers la terre dit que, s'étant tenue pour une gitane, elle avait cru améliorer son sort en se mariant avec un chevalier d'un ordre aussi élevé que don Juan de Carcamo, dont elle avait reconnu, par expérience, le bon caractère et l'honnête conduite. Elle l'avait donc quelquefois regardé avec des yeux affectueux ; mais, ainsi qu'elle l'avait déjà dit, elle n'aurait d'autres volontés que celles que ses parents lui imposeraient.

La nuit arriva, et il était presque dix heures quand on alla chercher Andrès hors de sa prison sans les menottes et les fers, mais non sans une grande chaîne qui l'enveloppait depuis les pieds jusqu'à la tête. Il arriva de cette manière sans être vu de personne, sinon de ceux qui le menaient à la maison du corrégidor, et on le fit entrer, avec silence et réserve, dans une chambre où on le laissa seul.

Après un moment, un prêtre vint qui lui dit de se confesser, parce qu'il devait mourir le jour suivant. A quoi Andrès répondit :

« Je me confesserai de bon cœur; mais pourquoi ne me marie-t-on pas d'abord? Et si l'on me marie, c'est un bien mauvais lit nuptial qui m'attend. »

Dona Guiomar, qui savait tout, dit à son mari que les émotions qu'il donnait à don Juan étaient excessives et qu'il voulût bien les modérer parce qu'il se pourrait que le jeune homme y perdît la vie. Ce conseil sembla bon au corrégidor, aussi entra-t-il pour appeler le prêtre qui confessait et lui dit qu'il eût à marier d'abord le gitano avec Préciosa la gitane, qu'ensuite il confesserait Andrès, qui devait se recommander de tout cœur à Dieu, lequel souvent verse sa miséricorde dans un temps où les espérances sont le plus arides. En effet, Andrès se rendit à une salle où se tenaient solennellement dona Guiomar, le corrégidor, Préciosa et deux autres serviteurs de la maison.

Mais quand Préciosa vit don Juan ceint d'une si grosse chaîne, avec son visage pâli et ses yeux où se montrait qu'il avait pleuré, son cœur s'oppressa. Elle s'accrocha au bras de sa mère, qui se tenait près d'elle et qui l'embrassa étroitement, lui disant :

« Reviens à toi, fillette, car tout ce que tu vois va tourner à ton bonheur et à ton profit. »

Préciosa, qui était ignorante de tout ceci, ne pouvait se consoler; la vieille gitane était anxieuse, les autres assistants impatients de voir la fin de l'aventure. Le corrégidor dit :

« Senor vicaire, ce gitano et cette gitane sont ceux que Votre Grâce doit marier.

— C'est ce que je ne pourrai faire sans les formalités requises pour de tels cas. Où se sont publiés les bans? Où est la licence de mon supérieur m'autorisant à célébrer le mariage?

— L'inadvertance a été commise par moi, — répondit le corrégidor; — mais je ferai que le curé donne la licence.

— Ce sera donc dès que je l'aurai vue, — répliqua le vicaire; — que ces seigneurs me pardonnent. »

Et sans prononcer plus de paroles, afin de ne pas causer de scandale, il sortit de la maison, les laissant tous confus.

« Le père a très bien fait, — dit alors le corrégidor, — et peut-être est-ce la providence du ciel qui veut que le supplice d'Andrès soit remis à plus tard ; car pour qu'il puisse épouser Préciosa, les bans devront d'abord être publiés, et cela donnera *du temps au temps*, qui souvent mène à une douce issue des difficultés plus amères. Quoiqu'il en soit, je voudrais savoir d'Andrès — dans le cas où le sort amènerait sa délivrance et où il deviendrait, sans craintes ni alarmes, l'époux de Préciosa — s'il se tiendrait pour heureux, lui, Andrès Caballero, ou plutôt don Juan de Carcamo. »

Quand Andrès s'entendit nommer par son nom, il s'écria :

« Puisque Préciosa n'a pas voulu se tenir dans les limites du silence et a découvert qui je suis, je peux dire que si la bonne chance que vous m'offrez me trouvait monarque du monde, elle serait encore au delà de toutes les bornes de mes désirs, et que je n'oserais souhaiter d'autres nouveaux biens que ceux du ciel !

— Donc, pour la belle âme que vous avez montrée, senor don Juan de Carcamo, je ferai, en son temps, que Préciosa soit votre femme légitime, et dès maintenant je vous la donne et vous la remets en espérance comme le plus riche joyau de ma maison, de ma vie et de mon âme. Estimez-la ainsi que vous le dites, car je vous donne en elle dona Constance de Acevedo et Meneses, ma fille unique, laquelle, si elle vous égale en amour, ne vous cède rien en noblesse. »

Andrès resta stupéfait en voyant l'affection qu'on lui témoignait, et dona Guiomar raconta en brèves paroles la perte de sa fille et son recouvrement, avec les preuves certaines que la vieille gitane avait données de son vol. Qnand elle eut fini, don Juan ne resta pas moins stupéfait et émerveillé, mais, joyeux surtout, il embrassa avec expansion ses beaux-parents, les appelant ses père et mère et ses seigneurs, baisant les mains de Préciosa, qui, avec des larmes, lui demandait les siennes.

Le secret fut rompu, la nouvelle se répandit hors de la maison avec la sortie des domestiques présents à l'affaire. Elle fut connue de l'alcade, oncle du mort, qui vit se fermer le chemin de sa vengeance, car il n'y avait pas lieu de garder les rigueurs de la justice pour le gendre du corrégidor !

S'étant vêtu de ses vêtements de voyage, que la gitane avait apportés, le prisonnier échangea ses chaînes de fer contre la liberté et des chaînes d'or, et les gitanos virent changer leur misère en allégresse, car le jour suivant on les relâcha sous caution. L'oncle du mort reçut la promesse de deux mille ducats pour se désister et pardonner à don Juan. Celui-ci n'oublia pas son camarade Clément et le fit rechercher; mais il ne put avoir que quatre jours plus tard la nouvelle certaine de son embarquement sur une des deux galères génoises qui se trouvaient dans le port de Carthagène.

Le corrégidor apprit à don Juan que son père, François de Carcamo, était nommé corrégidor dans cette ville et qu'il serait bien d'attendre, pour célébrer les noces, son bon plaisir et son consentement. Don Juan répondit qu'il ne s'éloignerait pas de ce que son beau-père ordonnerait; mais que, avant tout, il devait être fiancé à Préciosa.

L'archevêque accorda la dispense afin qu'on ne fit qu'une seule publication. La ville, qui aimait beaucoup le corrégidor, donna des fêtes, — illuminations, courses de taureaux, courses de cannes, — le jour des fiançailles.

La vieille gitane resta dans la maison, car elle ne voulut pas se séparer de sa petite-fille Préciosa. La nouvelle de l'aventure et du mariage de la gitanille arriva à la *Cour. François de Carcamo* apprit que son fils était le gitano et que la Préciosa était la gitanille qu'il avait vue. La beauté de celle-ci excusa aux yeux du père la légèreté de son fils, qu'il tenait déjà pour perdu, car il savait qu'il n'était pas allé en Flandre. Il l'excusa davantage encore quand il vit combien était avantageux ce mariage avec la fille d'un chevalier aussi noble et aussi riche que don Fernand de Acevedo. Il pressa son départ pour arriver à temps, et en vingt jours il fut à Murcie. Alors se renouvelèrent les plaisirs, les noces furent célébrées, les histoires furent contées, et les poètes de la ville, car elle en possède quelques-uns de forts bons, se chargèrent de célébrer l'extraordinaire aventure, concurremment avec la beauté non moins extraordinaire de Préciosa.

Et le licencié Pozi l'écrivit de telle sorte, que dans ses vers la renommée de la Préciosa durera autant que les siècles.

J'ai oublié de dire comment l'amoureuse aubergiste découvrit à la justice que rien n'était vrai dans le vol d'Andrès, le gitano, et confessa son amour et son crime, qu'on ne punit pas, parce que, dans la joie de la découverte des fiancés, la vengeance fut enterrée et la clémence ressuscitée.

www.ingramcontent.com/pod-product-compliance
Ingram Content Group UK Ltd.
Pitfield, Milton Keynes, MK11 3LW, UK
UKHW021108290826
14628UKWH00014B/1059

9 782019 691745